Anne Ludwig

Neues aus dem Orchestergraben

AF186837

Über die Autorin:

Anne Ludwig lebt und arbeitet in Mittelhessen. Als Liebhaberin der klassischen Konzertwelt und der Oper hat sie eine Vorliebe für kleine humorvolle Begebenheiten rund um die Musikausübenden in ihrem Alltag.

Anne Ludwig

Neues aus dem Orchestergraben

Kleine Geschichten aus der Welt
der klassischen Musik

Sabine Horn danke ich für die Idee zu der Geschichte „Messiah from Scratch 2009".

Alle handelnden Personen in den vorliegenden Geschichten sind frei erfunden. Jede Ähnlichkeit mit lebenden oder realen Personen wäre rein zufällig.

© 2017, Anne Ludwig
Umschlaggestaltung und Layout: Margot Beaupain

Bibliografische Information der Deutschen Nationalbibliothek: Die Deutsche Nationalbibliothek verzeichnet diese Publikation in der Deutschen Nationalbibliografie; detaillierte bibliografische Daten sind im Internet über dnb.dnb.de abrufbar.

Herstellung und Verlag:
BoD - Books on Demand, Norderstedt
ISBN: 9783744898195

Inhalt

Die Konzertprobe 7

Jahreskonzert in der Musikschule 13

Rita versorgt sich mit Kuchen 19

Die Intendantin 25

Probe in der Musikhochschule 35

Mäxchen spielt in der Musikhochschule vor 47

Jannik und der „Freischütz" 55

Jannik gibt den Einsatz 61

Der Bratscher Bastian versteckt sich 67

Zu spät zur Entführung … 77

Die dritte Dame in der „Zauberflöte" 87

Die Zwangsneurose des Geigers Schabowski 95

Der Intendant wird auf den Arm genommen 107

Messiah from Scratch 2009 119

Bratschenreparatur 135

Konrad in Berlin 145

Der Diensteinteiler 155

Ein Schlagzeuger erzählt 163

Hundehaufen im Weihnachtsballett 169

Der Operetten-Bonvivant 181

Opernerlebnisse 187

Die Konzertprobe

Die Bühne des Konzertsaales füllte sich langsam. Alle Fenster im Saal waren weit geöffnet, um den Raum mit frischer Morgenluft zu füllen, denn ab Mittag würde die Hitze die Glieder wieder schwer werden lassen.

Um zehn Uhr sollte die Orchesterprobe beginnen, aber die Musiker waren verpflichtet, rechtzeitig vorher anwesend zu sein und sich einzuspielen. Immer mehr Stühle wurden besetzt und die vertrauten Klänge eines sich einspielenden Orchesters ertönten.

Karl-Heinz, ein behäbiger Bratscher Ende Fünfzig und Matthias, sein junger Freund, ebenfalls Bratschist, setzten sich an ihr gemeinsames Notenpult. Jeder stimmte sein Instrument und begann zu spielen.

In der heutigen Probe würde das zeitgenössische Stück eines koreanischen Komponisten geprobt werden. Es handelte sich um ein experimentelles Werk, dessen Struktur und Klang nur wenig noch mit der so genannten klassischen Musik zu tun hatte. Viele Orchestermitglieder nahmen das Spielen solcher Musik als lästige Pflicht hin die mehr erlitten als akzeptiert wurde.

Entsprechend gedämpft war die Stimmung unter den Musikern. Ein Blick auf die musizierenden

Männer und Frauen zeigte lauter gleichmütige Gesichter; als Profis waren ihnen solche Situationen vertraut.

Auch der Dirigent gab mit keiner Miene zu erkennen, wie er zu diesem Werk stand.

Er stieg er auf sein Pult und sofort trat Ruhe ein. Mit knappen Worten begrüßte er das Orchester und die Probe begann.

Gleich am Anfang des Musikstückes ließ der Klang der Geigen an klirrende, scheppernde, zu Bruch gehende Gläser denken. Im weiteren Verlauf knarzten und brummelten die tiefen Streichinstrumente ohne jedes erkennbare Taktmaß so unmelodisch, dass man an herum geschobene große Möbelstücke erinnert wurde. Und mit ähnlichen Klangwirkungen ging es weiter.

„So wie das klingt," dachte Matthias, „wäre es mal interessant zu wissen, ob der Dirigent merken würde, wenn wir etwas anderes spielen würden als in den Noten steht!"

Aber der Dirigent zeigte beim Erarbeiten einzelner Stellen, dass er eine genaue Vorstellung vom Gesamtklang hatte und durchaus in der Lage war, die Musiker zu korrigieren.

Die Probe nahm ihren üblichen Verlauf, heute wegen des Stückes und der sommerlichen Hitze war sie besonders lustlos. Musiker, die gerade nicht „dran" waren, beschäftigten sich mit ihren Handys, obwohl das natürlich verboten war, andere zogen leise und verstohlen eine Zeitschrift aus ihren Instrumentenkästen. Als routinierte Musiker konnten sie jedoch - wie von Zauberhand - blitzschnell auf den Dirigenten reagieren und mit ihrem Instrument wieder einsatzbereit sein.

Karl-Heinz hatte in der kleinen Atempause der Bratschen mit dem obligatorischen Bleistift, - den Orchestermusiker immer parat haben müssen, um Anweisungen des Dirigenten in die Noten einzutragen - oben auf dem Notenblatt herum gemalt. Matthias warf einen kurzen Blick darauf, konnte aber nur etwas erkennen, dass wie ein aufgetürmter Haufen von irgend etwas aussah. Karl-Heinz bemerkte seinen fragenden Blick und flüsterte: „Scheiße!" Matthias lächelte, er war sich zwar nicht im Klaren darüber, warum Karl-Heinz gerade jetzt Scheiße gesagt hatte, aber er war ja immer zu Späßen aufgelegt.

Als der Dirigent wieder einmal abbrach, um eine Erklärung zu geben, klopfte Karl-Heinz mit seinem Bratschenbogen auf die Zeichnung und raunte Matthias zu: „Die Musik – ein einziger Scheißhaufen!" Jetzt verstand Matthias. Er prustete los, konnte sein Lachen aber, als der irritierte Blick des Dirigenten ihn traf, gerade noch in einen Hustenanfall umwandeln.

Jahreskonzert in der Musikschule

Klaviersonate von

Wolfgang Amadeus Mozart

Philipp war ein begabter Klavierschüler, der ohne große Anstrengungen die Oberstufe im Klavierspielen erreicht hatte. Während und nach der Pubertät übte er nicht mehr so engagiert, aber dank der Überredungskünste seines Vaters immer noch genug, um voranzukommen.

Sein Klavierlehrer, Winfried Keller, war sehr stolz auf ihn.

Natürlich hatte es ihn enttäuscht, dass Philipps Interesse nachgelassen hatte und er nun mit der Miene des betont coolen Jugendlichen herumlief. Mit dieser Attitüde spielte er auch Klavier, aber er zählte immer noch zu seinen besten Schülern und sollte auf dem Jahreskonzert der Musikschule die ersten beiden Sätze der berühmten Klaviersonate von Mozart in G-Dur zu spielen.

Die Vorbereitungsstunden vor dem Jahreskonzert ließen sich gut an: Philipp ließ sich von seinem Lehrer in der Begeisterung für diese wunderschöne Komposition anstecken und übte wieder mit dem Elan, der ihn in früheren Jahren so schnell so weit gebracht hatte.

Einige Passagen des Andante, bei denen man meinte, das Licht und die Vogelstimmen eines Sommermorgens zu spüren und zu hören, gelangen ihm geradezu brillant und Keller sah dem Konzert mit hohen Erwartungen entgegen. Er hoffte, mit seinem Starschüler renommieren zu können.

"Aus dem Jungen wird was, aus dem Jungen wird was; das hat Qualität!", verkündete er im Lehrerzimmer vor Kollegen, ausnahmsweise von seiner ansonsten bescheidenen und zurückhaltenden Art abweichend.

Doch das Schicksal wollte es anders - einige Tage vor dem Konzert hatte Philipp eine Auseinandersetzung mit seinem Vater und das Ergebnis war erneut ein Jugendlicher mit hängenden Schultern, schlurfendem Gang und mürrischer Miene. Von einer Teilnahme am Jahreskonzert wollte er nichts mehr wissen.

Auf Vorhaltungen reagierte er mit arroganter Aggressivität.

"Ich hab' es meinem Alten schon hundert Mal gesagt, aber er kapiert einfach nicht, dass er mich nicht mehr zwingen kann: Nach dem Vorspiel spiel' ich nur noch Schlagzeug. Und weil er mir das nicht erlauben will, mach' ich eben nicht mehr mit!"

Keller musste ein langes, nervenaufreibendes Telefonat mit ihm führen, ehe Philipp sich halbherzig wieder bereit erklärte, wie geplant teilzunehmen.

Am Sonntag Nachmittag nach dem Gespräch fand das Jahreskonzert im großen Saal der Stadthalle statt. Philipp sehnte sich danach, sein Vorspiel hinter sich zu bringen. Schließlich war der Zeitpunkt seines Auftritts gekommen. Vater und Lehrer saßen in der ersten Zuhörerreihe.

Wie erwartet, spielte Philipp mit einer bewundernswert sicheren Technik, aber auch betont lässig und damit interpretatorisch flach. Er kannte die Noten fast auswendig und ließ während des Spielens seinen Blick des Öfteren gleichmütig über die Zuhörer gleiten. Die Schlusspassage des ersten Satzes nahte und Philipps Haltung wurde immer schlapper, er donnerte die Läufe zunehmend nachlässiger - man merkte, er wollte die Sache schnell zu Ende bringen.

Seine Hände griffen ungeduldig den Schlussakkord, und er griff daneben – F anstatt G-Dur! Aus dem Zusammenhang ein deutlicher Missklang, Philipp selbst war erschrocken! Nach einer Schrecksekunde ertönte Kellers Stimme hinter ihm: "G!" Irgendwie hoffte der Lehrer wohl, Philipp würde sich korrigieren, noch einmal einen Teil des Schlusses spielen und ordnungsgemäß in G-Dur aufhören.

Aber Philipp hatte nur "G" gehört und für ihn klang es wie ein Befehl! Verlegen, aber auch erleichtert stand er auf und ging durch den Saal und zur Tür hinaus, ohne das Andante gespielt zu haben und ohne sich für den Applaus zu bedanken, den die Zuhörerschaft der Musikschuleltern, Lehrer und Schüler trotz allem natürlich reichlich spendete.

Rita versorgt sich mit Kuchen

Ludwig van Beethoven: „Für Elise" /
Arrangement für Anfänger

Schon viertel nach ein Uhr, Rita musste sich beeilen, denn um halb zwei würde ihre erste Klavierstunde beginnen und eigentlich wollte sie vorher noch in der Verwaltung der Musikschule vorbeischauen.

Der Gedanke an ihre Schüler ließ ein Gefühl von Mühseligkeit in ihr aufkommen, und plötzlich erfasste sie eine unbändige Gier nach Süßem.

Vielleicht war der verführerische Duft aus der Bäckerei Müller schuld. Fast wäre sie vorbei gegangen, aber halt – kein Kunde im Laden, also würde ein kleiner Kucheneinkauf nur wenig Zeit in Anspruch nehmen, und sie wollte sich heute sowieso etwas Gutes zum Essen leisten.

Schon war Rita im Laden und verlangte zwei Rosinenbrötchen, ein flammendes Herz und einen Amerikaner mit Schokoladenguss. Den Amerikaner schlang sie sofort hinunter, aber als sie das Wechselgeld bekam, spürte sie, dass das Gekaufte nicht genügen würde. Mehr, mehr, Rita wollte noch mehr Süßes! Einen Windbeutel mit Schlagsahne, eine Rumkugel, ein Stück Baumkuchen und noch die beiden Puddingteilchen. Zur Sicherheit kaufte sie auch noch zwei Ochsenaugen – hatte sie nicht neulich gelesen, dass die nur wenige Kalorien haben? Auf dem Weg zur Musikschule stopfte sie sich beide unauffällig so schnell in den Mund, als hätte sie seit Tagen nichts mehr gegessen.

Bevor der erste Schüler des Nachmittags zum Unterricht kam, schaffte Rita es noch, rasch den Windbeutel zu verdrücken, sich den Mund abzuwischen und die restlichen Kuchenpakete im Wandschrank zu verstauen. Dabei entdeckte sie eine leere Hartkäse-Plastikfolienpackung, die sie wohl neulich vergessen hatte, wegzuwerfen. Peinlich, peinlich, hoffentlich hatte sie keiner der Kollegen bemerkt!

Anschließend bekam sie entsetzlichen Durst und trank während der ersten Unterrichtsstunde einen Liter Mineralwasser. Leider stellte sich danach aber kein angenehmes Sättigungsgefühl ein, stattdessen war ihr gründlich schlecht und das unangenehm vertraute Gefühl von Sodbrennen hatte sich wieder eingeschlichen.

Während der Schüler seine Noten auspackte, nahm Rita ihre Magentropfen - für ihre Schüler ein gewohnter Anblick.

Dankbar verspürte sie nach einigen Augenblicken die wohltuende Wirkung der Medizin. Jetzt konnte sich wieder auf ihren Unterricht konzentrieren und der Nachmittag nahm seinen gewohnten Verlauf.

Aber immer wenn ihr Blick den Wandschrank streifte, standen ihr die noch nicht aufgegessenen Kuchenstücke vor Augen. Mhmmm, jetzt in den lockeren Blätterteig beißen, den Puderzucker schmecken und sorgfältig von den Lippen lecken, das wunderbare Aroma des Vanillepuddings in der Mitte des Teilchens schnuppern und sich auf der Zunge zergehen lassen, dann hinunter gleiten lassen und voller Behagen ein wohliges Sättigungsgefühl spüren. Herrlich!

„Was hast du gerade gesagt?" schreckte Rita hoch. Sie war so in ihre Kuchenträumereien versunken gewesen, dass sie die Frage ihres kleinen Schülers gar nicht mitbekommen hatte.

„Ob ich noch mal die ‚Elise' spielen darf, habe ich gefragt." antwortete Lars-Gunnar. Er war neun Jahre alt, begeisterter Fußballspieler und ein kleiner Raufbold. Ungeachtet seiner Wildheit zeigte sein Klavierspiel gutes musikalisches Empfinden. Er hatte lange bei Rita gebettelt, bis sie ihm erlaubt hatte, die Anfängerversion der „Elise" zu spielen.

Natürlich wusste Rita, dass selbst Komponisten wie Mozart zu Lebzeiten leicht spielbare

Transkriptionen beliebter Melodien aus ihren Werken geschrieben hatten, weil sie gutes Geld einbrachten. Für die wunderschönen Melodien der Oper „Die Zauberflöte" weist das Köchel-Verzeichnis gleich vier verschiedene Bearbeitungen für zwei Flöten oder Geigen vom Komponisten selbst nach. Und schon im Jahr der Uraufführung 1782 hatte Mozart von den besten Nummern seines Singspiels „Die Entführung aus dem Serail" einfache Sätze für die kleinen Blasmusikkapellen in den Gartenlokalen geschrieben.

Trotzdem ging es ihr gegen den Strich, dass schon die Kleinsten berühmte Stücke mit solchen abgespeckten, extrem vereinfachten Versionen, denen jegliche Klangfülle fehlte, verhunzen konnten.

Lars-Gunnar aber liebte das widerwillig herausgerückte Notenblatt sehr und wurde nicht müde, es immer wieder zu spielen. Die heutige Klavierstunde neigte sich sowieso dem Ende zu und Rita freute sich auf ihr Kuchenstück, das sie in der Pause vertilgen wollte. Also nickte sie ihm gnädig zu. „Na gut."

Das ließ Lars-Gunnar sich nicht zweimal sagen. Er stand auf und holte das Notenblatt aus seiner

Tasche, schmiss sich auf den Klavierhocker und legte los. In einem satten Forte und rasantem Tempo donnerte er das Stück wie eine Reiterattacke herunter.

Rita schaute ihn tadelnd an: „Aber ich habe dir doch schon so oft erklärt: das Stück ist ein musikalisches Liebesgedicht an Elise, das muss zart und innig gespielt werden und darf nicht so gedonnert werden!"

Lars-Gunnar schaute sie treuherzig an: „Ich hab' so schnell gespielt, weil ich wollte nicht soviel Zeit von der Klavierstunde verbrauchen!"

Nun musste Rita doch schmunzeln …

Die Intendantin

Jerry Bock: „Anatevka"

Am Morgen nach der Premiere des Musicals „Anatevka" saß die Intendantin an ihrem Schreibtisch und ließ die gestrige Vorstellung in Gedanken noch einmal Revue passieren. Sie kam zu dem Schluss, dass das Theater in vieler Hinsicht mit dem Abend zufrieden sein konnte - die Bühnenbilder waren originell und gleichzeitig so gegenständlich und idyllisch, wie das Publikum es liebte. Keine albernen Regieeinfälle, die das Stück verhunzten. Die Pointen waren gut rübergekommen, die Zuschauer hatten an den richtigen Stellen gelacht oder waren gerührt gewesen, was nicht selbstverständlich war, da das Ensemble vorwiegend aus Ausländern bestand, deren Aussprache oft zu wünschen ließ.

Die fünf Töchter von Tevje, dem Milchmann hatte sie von bildhübschen blutjungen Anfängerinnen singen lassen, die das Theater nach ihrem Examen unter Zeitvertrag genommen hatte. Einige dieser ehrgeizigen Sängerinnen betrachteten ihre Zeit am Stadttheater Nordenstedt mit Recht als Sprungbrett für Engagements an größeren Häusern.

Die Rolle des Tevje wurde vom ersten Heldendarsteller des Schauspiels verkörpert, was in diesem Fall bedeutete, dass er kein studierter

Sänger war. Er spielte seinen Part glaubwürdig und professionell, und da der Anspruch an die schauspielerische Vielfältigkeit in diesem Musical groß ist, war es auch in Ordnung, dass die Hauptrolle von einem Schauspieler übernommen wurde.

Aber in der Vorstellung gestern Abend hatte er vor allem im ersten Teil Schwierigkeiten gehabt, überhaupt die Tonart zu treffen, geschweige denn den richtigen Anfangston, und das trotz der fast schon auffälligen Hilfen des Orchesters.

So geschehen beim „Sabbat Gebet" im Wechselgesang mit seiner Frau Golde, den Töchtern und Perchik, dem Studenten.

Und ebenso in der Wirtshausszene mit Lazar Wolf.

Das musste selbst den musikalisch unbelecktesten Besuchern aufgefallen sein! Wie peinlich und unangenehm für das Renommée des Theaters!

Josefa Pacherl dachte seufzend an den Publikumspreis, den sie im vergangenen Jahr in Oldenburg bekommen hatte, weil sich unter ihrer Intendanz die Zahl der Theaterbesucher in Nordenstedt von allen niedersächsischen Theatern am meisten gesteigert hatte. Sie hatte gehofft, diesen Erfolg mit „Anatevka" fortführen zu können - und jetzt eine solche Blamage bei der Premiere!

Es würde sich in Windeseile herum sprechen, dass in ihrem Theater der Hauptdarsteller falsch sang!

„Anatevka" war seit Jahrzehnten an allen Theatern ein Publikumsmagnet und sollte hier wie woanders auch die leeren Kassen wieder füllen. Aber wenn der Protagonist solche Fehler machte, würde das nicht funktionieren.

Das Publikum ließ sich zwar einiges gefallen und war auch - um mit Tevje zu sprechen - „stets zu traditionell gesinnt", aber als alte Theaterhäsin wusste sie, dass es sich nicht auszahlte, wenn man es unterschätzte.

Ihr wurde ganz heiß, als sie an die Zeitungskritik dachte, die am nächsten Tag in der Nordenstedter Tageszeitung erscheinen würde. Für diese halbgebildeten Schreiberlinge war es doch ein gefundenes Fressen, wenn sie etwas zu bemängeln fanden!

Dieser kommenden Katastrophe musste sie Einhalt gebieten, koste es was es wolle!

Ihr kam eine Idee - schnell stand sie auf und griff nach ihrem Mantel. Bevor sie den Raum verließ, schaute sie noch einmal in den Spiegel. Sollte sie sich noch etwas zurechtmachen? Nein, entschied sie dann, sie war eine gepflegte, elegante Frau und die Zeit drängte.

Wenige Minuten später parkte sie ihr Auto vor dem Redaktionsgebäude der „Nordenstedter Allgemeinen". Vom Pförtner ließ sie sich den Weg zu dem Großraumbüro zeigen, in dem Herr Petersen, der sogenannte Kulturredakteur arbeitete.

Das grelle Licht von Neonlampen erhellte den großen, mit halbhohen gläsernen Trennwänden unterteilten Raum. Viele der Mitarbeiter saßen an ihren Schreibtischen und telefonierten, während sie gleichzeitig auf die Monitore blickten und schrieben oder im Internet herumsuchten. Überall im Raum piepte und klingelte es; in der Mitte stand eine Gruppe Zeitungsleute zusammen und diskutierte lässig.

Wie kann man nur in einer so unruhigen Atmosphäre arbeiten? fragte sich die Intendantin, während sie auf den Schreibtisch von Petersen zuging, den sie an seiner Rücken erkannt hatte.

„Guten Morgen, mein lieber Herr Petersen," flötete sie gleich darauf mit sanfter, fröhlicher Stimme und reichte ihm die Hand. Dieser blickte überrascht auf und schaute verdattert. „Oh - äh …, guten Morgen," brachte er dann heraus und reichte ihr ebenfalls die Hand, die sie scheinbar höchst erfreut schüttelte.

„Ich habe mich ja so gefreut, als ich Sie gestern Abend bei uns im Hause sah! Leider, leider habe ich es nicht geschafft, Sie vor der Vorstellung persönlich zu begrüßen, und da habe ich gedacht, ich schau mal bei Ihnen herein, wo ich doch gerade in der Gegend war!" säuselte sie in liebenswürdigem Plauderton.

Dass diese elegante Wienerin und vielbeschäftigte Theaterfrau rein zufällig an dem Zeitungsgebäude vorbeikommen war, das sich in einem heruntergekommenen Nordenstedter Stadtviertel befand, war ebenso unwahrscheinlich wie ihre Aussage, dass sie gestern vor der Premiere ausgerechnet mit ihm hatte sprechen wollen.

Petersen mit seinem Schnurrbart, den immerroten Wangen, der untersetzten Statur und seiner freundlichen behäbigen Art wirkte wie ein hausbackener Provinzler. Aber so dumm, dass er die Absicht, die mit dem Besuch der Intendantin verbunden war, nicht durchschaute, war er natürlich nicht.

Während Josefa Pacherl ihn weiter zutextete und die gestrige Vorstellung über den grünen Klee lobte, so dass man annehmen musste, sie spräche mindestens von einer Aufführung der New Yorker Met, überlegte er, wie er sich den guten Draht zu ihr, von dem er sich geschmeichelt fühlte, erhalten konnte, ohne sich in seine journalistische Freiheit hinein reden zu lassen.

Aber er spürte schon, dass es schwer sein würde, ihren Überredungskünsten zu widerstehen und überhaupt – welcher Mann war je welcher Frau gewachsen?

„Wir haben ja so viel Positives über die Aufführung gestern Abend zu hören bekommen, und das von wirklich maßgebenden Leuten!" Bei diesen Worten blickte sie ihn kurz streng an, so dass Petersen sich augenblicklich ganz unmaßgeblich vorkam.

Dann fuhr sie schwärmerisch mit einschmeichelnder Stimme fort:

„Von der Oper in Hannover waren Leute da, die völlig erstaunt von dem hohen Niveau waren, das wir hier in Nordenstedt haben.

Und das Theater braucht den Erfolg von „Anatevka" in dieser Spielzeit so dringend! Sie können sich denken, wie es um unsere Finanzen bestellt ist – leere Kassen an allen Stellen, egal welche Budgetaufstellung man anguckt! Wenn wir am Theater überhaupt die Chance haben wollen, mit unseren Vorstellungen so weiter zu machen wie bisher, brauchen wir für ‚Anatevka' volle Häuser, besser noch viele ausverkaufte Vorstellungen!

‚Anatevka' ist auf der ganzen Welt populär – und den Nordenstedter Akademikern gefällt es. Die wissen, dass in der jüdisch-folkloristischen Musik dieses Musicals die Sehnsucht der Menschen nach Frieden ausgedrückt wird! - Ich habe schon ganze Familien mitsamt Großeltern erlebt, die von ‚Anatevka' zu Tränen gerührt waren!"

Petersen merkte, wie er weich wurde: Nordenstedt war seine Heimatstadt. Das Theater lag ihm am Herzen und war schon immer sein ganzer Stolz gewesen, als ob er persönlich an deren Siegen und Niederlagen beteiligt wäre. Und genaugenommen war er das ja auch – er konnte mit seinen Kritiken Einfluss nehmen!

In diesem stolzen Bewusstsein wagte er dann auch zu fragen: „Aber die gesangliche Leistung von Pasqual Langendorf war doch nun wirklich ein Flop oder irre ich mich da?"

Ganz kampflos wollte er sich ihr nicht unterordnen. Wenigstens hier an seinem Schreibtisch sollte sie mal Farbe bekennen!

Probe in der Musikhochschule mit avantgardistischer Musik

Versammlung alter Musikerwitze

Tom musste seinen Kontrabass die Treppe hinauftragen, denn der Probensaal der Musikhochschule lag im zweiten Stock und der Aufzug war schon wieder oder immer noch kaputt.

Oben angekommen erfreute er sich an der grandiosen Aussicht auf den Nordenstedter Stadthafen.

Er winkte einigen Kollegen zu, die schon auf ihren Plätzen saßen, und richtete sich sein Notenpult ein. Wie erwartet, war er nicht der einzige Musiker aus den Opernorchestern der umliegenden Städte, der das Hochschulorchester vervollständigen sollte.

Die studentischen Instrumentalisten an ihren Pulten wirkten nervös und waren noch damit beschäftigt, schwierige Passagen durchzuspielen. Kein Wunder bei der ungewöhnlich anspruchsvollen Notenliteratur der heutigen Probe!

Die Klangvorstellungen der avantgardistischen Komponisten waren oft so speziell, dass sie zu der vorhandenen Notenschrift noch eine Anzahl eigens für das jeweilige Werk entwickelter Zeichen gebrauchten, die von den Musikern zusätzlich gelernt werden mussten.

Tom hatte seinen Kontrabass ausgepackt und gestimmt und vertrieb sich die Zeit bis Probenbeginn mit dem Beobachten des Aufnahmeteams vom Fernsehen. Der hiesige Kultursender plante einen Mitschnitt der Probe zu senden, da der inzwischen berühmte Komponist des Stückes die Musikhochschule der Nachbarstadt Bremen gerade mit seinem Besuch beehrte.

In der Mitte des Raumes waren zwei Tontechniker dabei, Aufnahmegeräte und Mischpulte aufzustellen; ein Dritter verteilte die Standmikrophone im Orchesterraum. Der Kameramann schlich in gebückter Haltung – für die es keinen erkennbaren Grund gab - mit der Kamera auf der Schulter umher und probierte verschiedene Aufnahmeperspektiven aus. Mit seiner Stirnglatze, den langen grauen Haaren, die zu einem Zopf gebunden waren, seinem ausgeleierten T-Shirt über dem Bauchansatz und den schmutzigen alten Turnschuhen machte er einen ungepflegten Eindruck; dazu passte seine mürrische und zugleich arrogante Miene.

Die Fernsehleute arbeiteten ruhig und konzentriert, alle anderen anwesenden Personen ignorierten sie jedoch vollständig. Sie benahmen sich als wollten sie demonstrieren, dass Personen, die nicht ihrer Fernsehwelt angehörten, nicht der Beachtung wert seien.

Das Orchester war mittlerweile fast vollständig erschienen - gerade betraten die Letzten, zwei junge Männer, zusammen mit dem Dirigenten den Saal. Tom kannte sie vom Sehen und wusste, dass sie Jungstudenten waren - hochbegabte Schüler, die neben der Schule schon als Studenten an der Hochschule eingeschrieben waren. Wahrscheinlich war der Etat für dieses Projekt wieder mal so knapp bemessen, dass man auch diese unerfahrenen jungen Musiker angefordert hatte, die sich mit einem geringen Honorarsatz zufrieden geben mussten.

Die heutige Probe würde von Arnold Zapanek, dem Dekan der Musikhochschule, dirigiert werden. Er war ein charmanter, ewig nuschelnder Österreicher, der trotz seiner betont höflichen Art manchmal einen überraschenden Zynismus aufblitzen ließ.

Einem avantgardistischen Künstler, den er als Nichtskönner ablehnte, hatte er geraten, sein Werk in einem Saal mit starker Echowirkung aufzuführen. „Denn", so sagte er ihm, „das ist

Ihre einzige Chance, Ihr Werk zweimal aufgeführt zu hören!"

Eben hatte er seinen - lange aus der Mode gekommenen - Regenmantel mitsamt seiner ledernen Aktentasche auf einem Sitz in der ersten Zuhörerreihe abgelegt und einen zerknitterten Wust von Zetteln daraus befreit. Es schien die Partitur der heutigen Probe zu sein, denn er versuchte, die Blätter auf dem Dirigentenpult zu glätten und zu ordnen.

Wie seine nervösen Studenten war auch er nicht in bester Verfassung, denn obwohl er viel über die avantgardistische Musik im Allgemeinen und viel über das für heute ausgewählte Werk im Besonderen wusste und auch keine Probleme mit den speziellen Zeichen dieses Komponisten hatte - das Dirigieren war nicht seine Stärke.

Der Komponist war sein langjähriger Freund, vor ihm hatte er keine Hemmungen. Er fürchtete die unausgesprochene, vermutlich nicht unberechtigte Kritik der Musiker des Opernorchesters. Aber aus Erfahrung aber wusste er, dass er diese stoisch spielenden Routiniers von der städtischen Oper für einen guten Gesamtklang brauchte.

Während Zapanek solche Gedanken durch den Kopf gingen, alberten die beiden Jungstudenten - Bratsche und Cello - laut herum.

„Hast du die alte Aktentasche vom Zapanek gesehen – das is' noch gute deutsche Wertarbeit, echtes Leder, nicht so'n Plastikscheiß wie du wieder anschleppst!" flachste Matthias, während er seine Bratsche aus dem Kasten nahm und behutsam aus dem rosa Seidentuch auspackte.

Silvio entgegnete: „Na Hauptsache, er ist nicht wieder so vergesslich wie in der letzten Probe - kaum hatte er zehn Takte dirigiert, wusste er schon nicht mehr, wo er war!"

Die erste Geigerin, eine energische und von ihrer Funktion sehr überzeugte Studentin, die ihnen offenbar zugehört hatte, drehte sich um und schickte beiden jungen Männern einen strengen Blick.

Zapanek am Dirigentenpult sprach eine kurze launige Begrüßung zum Orchester und dem Fernsehteam; leider war es nur den in seiner Nähe sitzenden Musikern vergönnt, zu verstehen, was er sagte, weil er wie üblich nuschelte. Dann hob er die Hände und im Sekundenbruchteil waren alle Musiker bereit zu spielen – die Streicher hielten die Bögen bereit, die Bläser setzte ihre

Instrumente an den Mund, der Schlagzeuger hielt die Schlägel in gespannter Erwartung angehoben – eine Atmosphäre der Konzentration.

Die Klänge, die das Orchester dann zu Gehör brachte, waren ungewohnt für mitteleuropäische Ohren: dissonant, schräg oder im besten Falle interessant und überraschend. Es war keine rhythmische Struktur zu erkennen, das Ohr aber sehnte sich danach, erwartete die harmonische Auflösung der Dissonanzen, versuchte automatisch Motive herauszuhören, die sich in variierter Form wiederholen würden und die man einer Taktart und einer Tonart zuordnen konnte, wurde aber enttäuscht.

Da den meisten Musikern diese Klänge ungewohnt waren, spielten sie trotz der vorangegangenen Proben immer noch verhalten und unsicher. Zapanek rief ihnen zu: „Nur Mut, Kollegen, je falscher es klingt, umso richtiger ist es!"

Die Einleitung des Werkes enthielt ständige Taktwechsel mit längeren Pausen für die Kontrabässe. Nach einem verpatzten Einsatz meinte der Dirigent spöttisch: „Na, meine Herren, was tut man in solchen Fällen? Man zählt!"

Prompt antworte Tom, der sich unschuldig fühlte: „Nein, man gibt den Einsatz!"

Während die Probe auf diese Weise ihren Verlauf nahm, wurde plötzlich die Saaltür aufgerissen und eine Studentin stürmte herein. Sie schmiss ihre Noten auf einen Stuhl und zog hektisch Jacke und Schal aus.

Tom beobachtete sie aus den Augenwinkeln und überlegte, ob er einen leeren Platz im Orchester übersehen hatte, aber dann fiel ihm ein, dass das Stück ja hieß:

<Klangbild einer unruhigen Menschenmenge in der Bahnhofshalle>
Collage für Orchester und einen Sopran

Das also war der Sopran!

Als er das nächste Mal zu ihr hinschaute, schien sich die abgehetzte junge Frau beruhigt zu haben. Sie stand vor dem Orchester seitlich vom Dirigenten mit den aufgeschlagenen Noten in den Händen und wartete auf ihren Einsatz.

Das Orchester war am Ende eines Abschnitts angekommen und Zapanek hatte abgeklopft. Er warf der Solistin einen fragenden Blick zu, sie reagierte schulterzuckend: „Tut mir leid, ich habe verschlafen!"

„Was, zu Hause schlafen Sie auch noch?" parierte er kopfschüttelnd, aber die junge Frau setzte nur eine trotzige Miene auf.

Der Stimmführer der Bratschen hatte eine Frage: „Abschnitt D, Takt 32 bis 50: sollen wir Sechzehntel oder Tremolo spielen?"

Antwort des Dirigenten: „Spielen Sie Sechzehntel, das geht schneller!"

In diesem Stück hatte der Kontrafagottist, der selten zum Einsatz kam, tatsächlich einige Male einen längeren Ton zu spielen. Er meldete sich und fragte, wie der Ton klingen solle. Dazu spielt er ihn vor: „Ooooooorb," oder so: „oooorrrrb"?

„Eigentlich egal," sagte Zapanek, „aber ziehen Sie bitte danach die Spülung!"

Stefan gab Martin einen Stoß mit dem Ellenbogen: „Der Alte hat dich am Schluss so angeguckt – bestimmt hat er gemerkt, dass du falsch gespielt hast!" – „Ach was, ich hab so zurück geguckt, als ob ich richtig gespielt hätte!"

Im Großen und Ganzen war Zapanek zufrieden mit sich und dem Orchester. Einzige Ausnahme waren zwei Hornisten, die sich immer wieder verspielt hatten und deren schlechte Intonation den Zusammenklang selbst dieses Stückes störte.

Er fuhr sie an: „Was ist denn bloß los mit Ihnen?"

„Mit mir? Ich konnte nicht üben!"

„Und mit Ihnen?"

„Wir üben immer zusammen!"

Zapanek seufzte und wandte sich dann entschlossen wieder dem Orchester zu. Die Gespräche verstummten und er begann den zweiten Teil. Wieder erfüllten bizarre Klangfolgen den Raum, die Musiker schienen sich jedoch sicherer zu fühlen.

Während das Stück an Fahrt gewann und seinem Höhepunkt zu zustreben schien, stellte Zapanek zu seiner Bestürzung fest, dass ihm auf seinem Dirigentenpult die Notenblätter ausgingen und der Rest sich folglich noch in seiner Tasche befinden musste. Er schüttelte den Kopf über seine eigene Zerstreutheit, ließ resigniert seine Arme sinken und wandte sich dann mit hängenden Schultern vom Dirigentenpult ab, um zu seinen Sachen zu gehen, in seiner Tasche zu wühlen und die restlichen Notenblätter zu suchen. Die Orchestermitglieder reagierten erstaunt, aber gelassen. Die 1. Geigerin hob energisch den

Bogen, blitzte ihre Kollegen an und gab fortan die Einsätze.

Die beiden Jungstudenten aber hielt es kaum noch auf ihren Stühlen vor Lachen – sie kicherten und grunzten, prusteten und gackerten so sehr, dass einige andere angesteckt wurden.

Daraufhin klopfte die Konzertmeisterin ab und erhob sich: „Was fällt euch unreifen Lausebengels überhaupt ein, hier so herum zu albern! Professor Zapanek hat so viel um die Ohren, wie ihr euch das wahrscheinlich noch nicht einmal vorstellen könnt! Da kann es ja wohl mal vorkommen, dass man einen Teil der Noten in der Tasche vergisst! Ihr solltet froh sein, dass ihr hier überhaupt mitspielen dürft! Noch ein Mucks von euch und ihr könnt gehen!"

Ihr Gesicht glänzte vor Entrüstung und Eifer bei diesen Worten. Leider hatten sie nicht den gewünschten Erfolg, die jungen Männer lachten zwar jetzt leiser, aber sie lachten immer noch und auch aus anderen Ecken hört man leises Gekicher…

Gegen Ende der Probe betrat der Komponist den Saal und setzte sich stolz in die erste Zuhörerreihe. Die Fernsehleute wussten offensichtlich sofort, dass er der Promi war und nahmen ihn ab diesem Zeitpunkt unablässig ins Bild. Am Schluss des Stückes stand er auf und bedankte sich bei seinem Freund Zapanek und der Form halber auch bei der jungen Konzertmeisterin: „Das haben Sie wirklich großartig gemacht!"

„Vielen Dank, vielen Dank," strahlte die Konzertmeisterin in die Kamera, „weil - wissen Sie, so eine Musik *hinschreiben*, das könnt' ja bald jeder, aber *spielen*, das ist die Sauarbeit!"

Mäxchen spielt in der Musikhochschule vor

Violinkonzert in Stil von Antonio Vivaldi für Anfänger

"Bitte beeil dich, Mäxchen, es ist schon 12.00 Uhr und wir wollen doch pünktlich sein! Sonst lassen sie dich vielleicht nicht vorspielen und das wäre doch sehr schade, oder?"

Mäxchen fühlte einen Kloß im Hals - Nichtvorspielen war genau das, was er wollte, aber er befürchtete, dass wieder einmal gegen die Entscheidungen seiner Mutter nicht anzukommen war. Sie hatte den Termin für das Vorspiel auf einem Flyer des Junior-Sinfonieorchesters gelesen und ihn sofort dafür angemeldet.

Als sie ihren Sohn später darüber informierte, hatte er versucht, Einwände zu erheben:

"Aber das Junior-Orchester ist für Kinder ab zwölf Jahren und ich bin doch erst sechs - kann ich nicht bitte in fünf Jahren vorspielen?"

Gitta hatte seine Bitte nicht ernst genommen:

"Ach was, ich glaube, die Altersangabe soll nur etwas über das gewünschte Niveau der Spieler sagen und das ist für dich doch sowieso überhaupt kein Problem!"

Mäxchen glaubte ihr nicht, aber ihm kam eine Idee, wie er seine Aufnahme vielleicht würde verhindern können!

Wahrscheinlich wäre das Vorspiel in einem extra

Raum für die Bewerber und die Jury - die Eltern würden sicher draußen warten müssen.

Ja, so könnte es funktionieren, während Gitta in einem Raum mit den anderen Eltern wartete, würde er drinnen vor der Jury ganz einfach so tun, als könnte er nur ganz einfache Sachen auf der Geige spielen, dann müssten sie ihn ja ablehnen!

Als sie in der Musikhochschule ankamen, wimmelte es in der Eingangshalle von ehrgeizigen Eltern und ihren Sprösslingen. Gitta ließ ihre Blicke umherschweifen und fing an, abfällige Bemerkungen zu machen:

"Guck dir mal das rothaarige Mädchen da hinten mit seiner Mutter an – diese zerrissenen Jeans! Ich weiß schon, dass sie wahrscheinlich extrem teuer waren und dieser schlecht gelaunte Blick von dem Kind, der soll wohl cool sein! Und dann dieser kurze Rock von der Mutter! Beide haben sich total der Mode unterworfen und sehen dementsprechend lächerlich aus!"

Maxi fand, dass das Mädchen vermutlich nur schüchtern war und ihre Mutter nett aussah, auch wenn sie vielleicht ein bisschen zu sehr versuchte, jung zu wirken. Aber er kannte Gittas Art, andere Leute herunter zu machen und fühlte wieder diesen schmerzenden Kloß im Hals. Die Erfahrung hatte ihn gelehrt, sich nicht dazu zu äußern, dann beruhigte sie sich meistens schnell wieder.

Leider stellte sich heraus, dass das Vorspiel so geplant war, dass die Eltern zusammen mit ihren Kindern im großen Saal Platz nehmen sollten. Die Jury saß auf der Bühne und die Instrumentengruppen würden nacheinander zum Vorspielen auf die Bühne kommen. Dann würde jeder Bewerber einzeln vorspielen.

Mäxchen nahm notgedrungen neben seiner Mutter Platz, stellte seinen Geigenkasten auf den Platz zwischen ihnen und rückte außerdem noch so weit wie möglich von ihr weg. Er wünschte sich, die Leute würden glauben, sie wäre für ihn eine völlig fremde Person und er hätte nichts mit ihr zu tun.

Immer noch überlegte er, wie er seine Aufnahme in das Orchester verhindern könnte. Er wollte nicht in einem Orchester mitspielen, in dem er der einzige Sechsjährige war und damit nie wirklich dazu gehören würde. Da Gitta das Vorspiel nun doch hören würde, konnte er schlecht so tun, als wäre er noch ein totaler Anfänger.

Er blickte sich um. Anscheinend war er wirklich

der Jüngste und sicher auch der einzige in Jeans mit Bügelfalten und Gummizug-Hosenbund und einem selbst gestrickten Pullover mit Hirschen auf der Brust.

Hoffentlich fing sie jetzt nicht damit an, vor allen Leuten davon zu reden, dass er wohl noch auf ein Toilettchen gehen müsse und nicht vergessen solle, sich seine Händchen zu waschen!

Aber Gitta saß mit stolzem Gesichtsausdruck neben ihm und lauschte dem Spiel der anderen Schüler. In dieser Beziehung hatte sie richtig gelegen - das geforderte Niveau war nicht besonders hoch und würde für Mäxchen tatsächlich keine Schwierigkeit darstellen.

Sie glühte bereits jetzt vor Stolz über die zu erwartende brillante musikalische Leistung ihres Sohnes. Was für eine gute Entscheidung es gewesen war, ihn hierher zu bringen, dachte sie selbstzufrieden.

Mutter und Sohn lauschten den Vorspielen der Kinder, die vor Mäxchen an der Reihe waren. Jeder hatte ein Stück nach freier Wahl und ein anderes unvorbereitet vom Blatt abzuspielen. Die Leistungen der Einzelnen waren sehr unterschiedlich, ebenso wie die Art ihres Vortrags.

Manchen Kindern merkte man an, dass sie dieses Vorspiel als unglaublich wichtig für ihr künftiges Leben ansahen, so als ob alles von dem Urteil der Jury für sie davon abhinge. Andere gaben sich selbstbewusst und lässig, so als ob die Aufnahme oder Nichtaufnahme in das Orchester für sie nicht besonders bedeutsam wäre,

Sie würden ihren Weg zur Musik in jedem Fall unbeirrt weitergehen.

Nach einer guten Stunde gab es eine Pause für alle. Die Fenster im Saal wurden aufgerissen, um frische Luft hereinzulassen, was hier in der Stadt bedeutete, dass statt dem Spiel der Instrumente das Geräusch des vorbeibrausenden Verkehrs den Raum erfüllte.

Mäxchen setzte sich neben eine Gruppe zwölfjähriger Mädchen, die nett aussahen, auf die Fensterbank und hörte zu, was sie sich erzählten.

"Habt ihr den schnuckeligen Typen mit den braunen Locken gesehen, der als Zweiter beim Cello dran war? Also der ist vielleicht süß!"

"Finde ich auch! Also der hat so super gespielt, der kommt bestimmt mit auf die Orchesterfahrt. Oh, wenn es doch nur klappen würde, dass wir alle mitkommen. Die Jugendherberge in Luxemburg soll so was von geil sein."

"Meine Eltern erlauben mir nie, etwas ohne sie zu unternehmen, nur auf diese Orchesterfahrt könnte ich mit, wenn ich das Vorspiel schaffe. Ich bin seit Wochen nur noch am Geigeüben. Ich will doch nicht immer am Rockzipfel meiner Mutter hängen!"

Und weiter schwärmten sie von den Freuden der bevorstehenden Orchesterfahrt nach Luxemburg. Mäxchen sah sich in Gedanken mit den anderen Kindern und Jugendlichen. Ohne, dass er es sofort wahrnahm, schlich sich bei ihm ein so starkes Gefühl von Vorfreude ein, dass er plötzlich gar nicht mehr anders konnte, als auch ein Mitglied dieses Orchesters sein zu wollen. Auch der Altersunterschied störte ihn plötzlich nicht mehr. Die Vorstellung eine Woche ohne Gitta frei atmen und mit diesen netten Kindern und Jugendlichen zusammen sein zu können, erfüllte ihn mit Begeisterung und Tatkraft.

Als er nach der Pause mit der Geigengruppe auf der Bühne stand und darauf wartete, dran zu kommen, nahm er sich vor, möglichst gut zu spielen. Sein selbst gewähltes Stück war der schnelle erste Satz eines Violinkonzertes im Stil von Vivaldi.

Beim Spielen der ersten Takte überkam ihn

plötzliches Lampenfieber, und die Töne klangen zittrig. Aber dann bewirkte seine Vorfreude und sein Wollen, dass ihm sein Können wieder ganz zur Verfügung stand und er konnte eine gute Leistung abliefern.

Nachdem er das Ergebnis erfahren hatte, stieg er glückstrahlend von der Bühne hinunter.

Auch Gitta strahlte!

Die Vorstellung, ihren kleinen Jungen für eine Woche allein fortfahren zu lassen, schob sie vorerst weit weg.

Jannik und der Freischütz

Carl Maria von Weber: „Der Freischütz"

Jannik war zwei Jahre alt, als die Kinderärztin ihm wegen wiederholt auftretender schwerer Bronchitis ein Inhalationsgerät verordnete. Sie gab den Eltern die Empfehlung, ihren kleinen Jungen zweimal täglich inhalieren zu lassen.

Während der etwa zwanzigminütigen Inhalationsphasen sollte er in seinem Hochstuhl sitzen, sich die Atemmaske vor das Gesicht halten und dabei den Dampf tief ein- und ausatmen.

Das war eine hohe Anforderung an den kleinen Kerl, auch wenn fast immer ein Erwachsener neben ihm saß. So kamen die Eltern auf den Gedanken, ihn dabei einen geeigneten Film angucken zu lassen.

Für das Kinderprogramm im Fernsehen war er noch für zu jung. Aber da er einmal großes Interesse gezeigt hatte, als sich sein Vater eine Verfilmung des „Freischütz" angeschaut hatte, durfte er fortan beim Inhalieren diese DVD ansehen.

Es handelte sich um eine moderne Inszenierung, in der alle Darsteller holzschnitthaft, einfach und stark typisiert, wie in alten Volkstheaterstücken, agierten.

Natürlich hatte der kleine Jannik keinen Vergleich, aber der „Freischütz" gefiel ihm außerordentlich!

Vor allem den Beginn des ersten Aktes lernte er sehr gut kennen: in den Monaten von Februar bis April inhalierte er zwei- bis dreimal am Tag, hatte also ‚seinen' Abschnitt geschätzte 180mal gesehen!

Die Familienmitglieder, einschließlich der Großmüttern, die manchmal neben ihm saßen um aufzupassen, dass er beim Inhalieren blieb, waren vom „Freischütz" mittlerweile erheblich genervt! Aber **sein** Interesse erlahmte nie.

Aus der Bibliothek holte der Familienvater andere Opernfilme sowie Kinderfilme, die für ihn geeignet sein könnten, aber er lehnte sie alle ab und war mit dem „Freischütz" zufrieden.

Wenn Bauer Kilian zu Max sagt: "Lasst uns tanzen!" wiegte er sich in seinem Hochstühlchen im Takt der Musik mit.

Als Kaspar Max durch einen wunderbaren Probeschuss von der Zauberkraft einer Freikugel überzeugt (was in dieser Inszenierung bedeutete, dass ein großer, oben am Bühnenhimmel aufgehängter Papieradler getroffen zu Boden sank), machte Jannik Winke-winke und rief dabei: „Tschüss, Adler!"

Manchmal wollten die Erwachsenen zur Abwechslung auch mal den zweiten Akt sehen und hören. Aber wenn Jannik Ännchen singen hörte „Kommt ein schlanker Bursch gegangen!" wedelte er ärgerlich mit seinen pummeligen Händchen: „Weg, weg!" Er mochte die weiblichen Opernstimmen – noch – nicht und das Video musste wieder beim ersten Akt beginnen. Einzig den Jägerchor „Was gleicht wohl auf Erden dem Jägervergnügen" liebte er.

Besonders in den ersten Wochen inhalierte er so gern, dass er eines Morgens – die anderen Familienmitglieder schliefen noch – der Oma zurief: „Komm, Omi – 'halieren!"

Dabei reckte er sich hoch zum Türgriff – der extra senkrecht gestellt war, damit er die Tür nicht allein aufmachen konnte – und versuchte ihn zu erreichen. Im Gegensatz zu den Erwachsenen war er trotz der frühen Tageszeit schon voller Tatendrang und bei seinen Türöffnungsversuchen schwangen seine rotblonden Löckchen unternehmungslustig hin und her.

Im späten Frühjahr und im Sommer brauchte Jannik nicht zu inhalieren. Als es im Herbst wieder einmal nötig war, hatte er den „Freischütz" vergessen und freute sich an den lustigen Tierfilmen, die seine Mutter für ihn besorgt hatte.

Jannik gibt den Einsatz

5. Symphonie von Peter Tschaikowsky

Jannik ist mittlerweile vier Jahre alt. Sein Vater, der Orchestermusiker Matthias hatte den Auftrag bekommen, das Hochschulorchester der Universität Bremen mit der 5. Sinfonie von Tschaikowsky zu dirigieren. Da er wusste, dass es eine sehr gute DVD dieses Werkes mit dem berühmten russischen Dirigenten Wasilij Popov gibt, besorgte er sich ein Exemplar in der Bibliothek. Erst am späten Abend kam er dazu, sie sich anzusehen und anzuhören.

„Jannik, was machst du denn hier? Du solltest doch schon lange schlafen!"

Der kleine Kerl schlüpfte zu ihm aufs Sofa und kuschelte sich mit seinem warmen Kinderkörperchen auf seinen Schoß.

Staunend und mit großen Augen schaute Jannik zu, wie sich der Dirigent in Großaufnahme leidenschaftlich verausgabte und ihm dabei der Schweiß in Strömen über Gesicht und Nacken lief.

Die voluminösen melodischen Klänge von Tschaikowskys Musik, die mal romantisch gefärbt, oft volksliedhaft sentimental, immer aber kontrastreich daherkommen, gefielen dem Kleinen.

Seit diesem Abend rief Jannik vor dem Inhalieren oft: „Onkel Popov, Onkel Popov!" Er wollte die Aufnahme wieder hören, sehen und vor allem mitdirigieren.

Dazu verlangte er energisch einen Dirigierstab, den ihm seine Mama aus einem Ast zurechtschnitt.

Während er das tägliche Inhalieren absolvierte, versank er ganz in der Musik.

Mit seiner linken Hand hielt er sich die Atemmaske des Inhaliergerätes vor das Gesicht, mit der anderen dirigierte er mit dem Stardirigenten mit und ahmte dabei seine Bewegungen nach.

Besonders begeisterte ihn eine Stelle, an der die Pauken voll im Bild zu sehen waren.

Sein Dirigierzweiglein wurde kurzfristig zum Schlägel umfunktioniert und er trommelte begeistert mit.

Dabei schrie er: „Onkel Paul, Onkel Paul!"

Onkel Paul war der Solopauker in Papis Orchester und natürlich bei dieser Aufnahme nicht dabei.

Aber Onkel Paul hatte Jannik schon ein paar Mal auf seinen Pauken spielen lassen. Dabei hatte er sich vorher aus seinem großem Schlägelsortiment die schönsten Schlägel aussuchen dürfen.

Nach einigen Wochen war Jannik so vertraut mit dem ersten Satz der Sinfonie geworden, dass er die Bewegungen des Dirigenten ohne hinzuschauen mitmachen konnte.

Mit Beginn der neuen Theatersaison am Stadttheater Nordenstedt trat ein neuer Generalmusikdirektor seinen Dienst an. Anton Bockmühl, ein junger Schweizer, der sich schon einen guten Ruf als Geiger erworben hatte und nun eine Karriere als Dirigent anstrebte.

Das erste öffentliche Konzert, in dem er den Nordenstedtern vorgestellt wurde, war eine Matinée am Sonntag.

Es war Anfang September und die Temperaturen noch sommerlich warm. Scharen von musikinteressierten Menschen, darunter auch viele Familien mit Kindern strömten in sommerlicher Kleidung in das Theater.

Auf dem Programm stand als erstes Stück gerade jene Sinfonie von Tschaikowsky, deren Anfang Jannik von der „Onkel Popov-DVD" her so vertraut war.

Papi saß wie immer im Orchester als Bratscher und Jannik mit seiner Mama vorne im Parkett.

Das erste Konzert des neuen GMD zu Beginn einer neuen Spielzeit – dieser Neuanfang auf mehreren Ebenen sorgte für eine erwartungsvolle, feierliche Stimmung.

Bockmühl hob den Taktstock und die Sinfonie begann. Schwermütig trug die Klarinette das dunkle Leitthema in ihrer tiefen Lage vor.

Jannik hing entspannt und etwas matt von der Wärme draußen auf dem Schoß seiner Mama und hörte interessiert zu. Er wusste, welche Musik Papis Orchester nun spielen würde. Ohne dass er es zunächst merkte, fing seine rechte Hand an wie gewohnt ein bisschen mitzudirigieren. Vorsichtshalber schaute er sich um, ob es jemand sehen und komisch finden würde, aber anscheinend beachtete ihn niemand. Alle Blicke waren auf das Orchester gerichtet.

Bevor die Paukenstelle begann, setzte Jannik sich auf, beobachtete die beiden Schlagzeuger genau und trommelte mit seinen Händen mit. Dieses Mal war Onkel Paul tatsächlich mit von der Partie.

Dann waren die Posaunen dran. Janniks kleiner Arm schoss nach links wie Wasilij Popov es an dieser Stelle tat, wenn er den Posaunen den Einsatz gab.

Zeitgleich ertönten die sonoren kraftvollen Signalmotive der Posaunen.Jannik schaute seine Mutter fragend an; diese wusste sofort, was ihn gestört hatte:

Bockmühl hatte den Posaunen keinen Einsatz gegeben!

Ein Glück, dass Jannik daran gedacht hatte!

Der Bratscher Bastian versteckt sich

Benjamin Britten: Simple Symphony

Victor Delamith, ein schwarzer Inder und anerkannter Geiger im Orchester der Oper war überzeugt davon, ein begnadeter Geigenlehrer zu sein.

Natürlich wollte er nur begabte Schüler aus musikalisch hochgebildeten Elternhäusern unterrichten, mit denen er eines Tages, wenn er sie gut ausgebildet hatte, vor der Öffentlichkeit glänzen würde.

Seine Schüler suchte er sich auf musikalischen Wettbewerben oder in Jugendorchestern. Dort sprach er die Eltern begabter Schüler an und versprach ihnen für ihre Kinder eine erfolgreiche musikalische Zukunft, glänzende Aussichten als Berufsmusiker und dergleichen mehr, wenn er sie unterrichten würde.

Wäre er nicht so launisch gewesen, hätte er einen exzellenten Talentcoach abgeben können, denn er war ein guter und engagierter Lehrer.

Er konnte er auf eine altmodische Weise herzlich und charmant sein und damit das Vertrauen der Eltern gewinnen und er hatte die Fähigkeit, seine Schüler für die Musik zu begeistern und zum Üben zu motivieren.

Aber so bewundernswert seine mitreißende Art war, so abweisend kalt und unangemessen autoritär konnte er werden, wenn ihm etwas nicht passte.

Für die Erwachsenen in seiner Umgebung war das unangenehm, für den Unterricht mit Kindern und Jugendlichen hingegen war es Gift.

Langfristig blieben deshalb nur die stoischsten Schüler bei ihm – und natürlich auch die nur so lange, bis sich ein besserer Lehrer gefunden hatte.

So war es ihm leider selten vergönnt, die Anerkennung für seine Unterrichtsarbeit zu bekommen, die ihm gebührt hätte. Denn was die Vermittlung einer guten Bogentechnik sowie die Erzeugung eines wunderbar warmen Streicherklangs anbelangte, war er ein außergewöhnlich guter Violinpädagoge.

Einmal war es ihm gelungen, eine Gruppe von jugendlichen Streichern zusammen zu stellen und mit ihnen an einem Wochenende die „Simple Symphony" von Benjamin Britten einzustudieren. Proben und Aufführung fanden in einem evangelischen Gemeindehaus in Nordenstedt statt und das Ergebnis hatte - trotz der Unerfahrenheit der jungen Musiker und der kurzen Probenzeit -

ein erstaunlich gutes Niveau. Die Zuhörer des kleinen Konzerts waren ausnahmslos begeistert und spendeten reichlich Beifall.

Auch die Uraufführung dieser kleinen Sinfonie 1934 wurde unter dem Dirigat des Komponisten von einem Amateurorchester gespielt. Die bestechend einfache musikalische Sprache dieses Werkes besitzt ironische Leichtigkeit und ist meisterhafte Reduktion auf das Wesentliche.

Aber nach dem Konzert unter Victors Leitung waren alle Mitwirkenden im Vorder- und Hintergrund, also Schüler, Eltern, Pfarrer und Gemeindehelfer gründlich mit ihm verkracht.

Sein unberechenbares und egozentrisches Verhalten hatte zu erbosten Auseinandersetzungen geführt.

Bei einigen, der von Victor angesetzten Proben, glänzte er selbst durch Abwesenheit, weil er gerade schlafen wollte. Außerdem hatte er den nicht unbeträchtlichen Erlös des Konzertes, von dem er versprochen hatte, dass er demokratisch unter allen musikalisch Beteiligten geteilt werden sollte, einfach in die eigene Tasche gesteckt. Darüber waren besonders seine Schüler sehr zornig! Er aber bestand darauf, dass an den aufgetretenen Konflikten alle außer ihm, also

Schüler, Eltern oder die Kirchengemeinde, die Schuld trugen.

Wider Erwarten gelang es ihm einige Wochen später aufgrund unzähliger Telefonate und hartnäckiger Überredungskünste doch noch, sich aus dieser Streichergruppe ein Quartett zusammenzustellen, in dem er selber als erster Geiger und Konzertmeister fungierte.

Victors musikalische und pädagogische Fähigkeiten verhalfen dem Quartett zu erstaunlich guten Resultaten, von dem die jungen Mitwirkenden durchaus profitierten.

Die zweite Geige wurde von Erdmuthe gespielt, einem verträumt wirkenden jungen Mädchen von 17 Jahren mit langen rotblonden Haaren, die beim Geigespielen Farben sehen konnte.

Bastian spielte die Bratsche – er war ein zur Fülligkeit neigender junger Mann, sympathisch und gutmütig, ein bisschen faul, was das Üben betraf, aber hochmusikalisch.

Patrick, ein stets fröhlicher junger Musiker mit dunklen Locken und kräftiger Statur, spielte das Cello. Er ließ sich von Victors oft scharfer Kritik nie aus der Ruhe bringen.

Victor agierte in gewohnter Weise: mal begeisternd und fleißig mit den Quartettmitgliedern arbeitend, dann wieder unberechenbar und ungerecht.

Die Terminplanung handhabe er schlampig und unzuverlässig. Wenn aber einer von ihnen wegen Verpflichtungen in der Schule oder im Studium nicht kommen konnte, wurde er von Victor mit verletzenden Bemerkungen bedacht, als würde die Absage ihn persönlich beleidigen.

Den Beifall nach den Auftritten heimste er, wann immer es möglich war, allein ein. Er hatte keine Skrupel, die jungen Leute anzuweisen, am Schluss des Konzertes den Applaus gar nicht erst abzuwarten, stattdessen sich nur kurz zu verbeugen und dann die Bühne zu verlassen. Er selber blieb und verbeugte sich so langsam und so oft wie möglich, um diesen Genuss voll auszukosten und Ruhm und Ehre allein auf sich zu beziehen.

Einmal lud er seine Quartettmitglieder zu einem Probenwochenende zu sich nach Hause ein. Mit großspurigen Worten erklärte er, dass es für ihn und seine Frau überhaupt kein Problem sei, Kost und Logis für alle anzubieten.

Als er aber nach der Probe am Freitag Nachmittag, die im Hobbykeller stattgefunden hatte, mit den Dreien seine Wohnung betrat, stellte sich heraus, dass er seine Frau weder gefragt noch informiert hatte.

Mit der Ankündigung einer baldigen Mahlzeit ließ er die jungen Leute im Esszimmer Platz nehmen.

Bald darauf hörten sie im Nebenraum die Eheleute streiten. Das Schimpfen und Schreien wurde immer lauter, sie schienen die Anwesenheit der jungen Musiker vergessen zu haben.

Erdmuthe war die Erste, die aus dieser unbehaglichen Situation die Konsequenz zog: leise schulterte sie ihren Rucksack, nahm ihre Geige und verließ die Wohnung. Bastian und Patrick entschieden sich, ihr zu folgen.

Draußen feixten sie: „Dieser Victor, den hält ja noch nicht mal seine eigene Frau aus!"

Bastian verkündete seinen Entschluss, sofort nach Hause fahren zu wollen. Also gingen sie zusammen zum Busbahnhof. Dort trennten sich ihre Wege.

Bastian fragte sich, ob es den beiden anderen auch so ging wie ihm, denn er hatte endgültig die Nase voll!

Als seine Mutter ihm zwei Tage später erzählte, dass Victor angerufen habe, rief er nicht zurück.

Erst einmal wollte er ein paar Tage seine Ruhe haben, dann würde er ihm seine Entscheidung mitteilen.

Aber ausgerechnet am nächsten Tag sah Bastian Victor in den Nahverkehrszug einsteigen, in dem er gerade saß. Weglaufen war so schnell nicht möglich, denn es war Stoßzeit und der Zug rappelvoll.

Bastian befand sich in einem Abteil für sechs Personen, Victor stand im Gang und wurde nach jedem Halt des Zuges mit der Menge der eingestiegenen Fahrgäste näher an Bastians Abteil herangeschoben.

Zum Glück hatte er ihn noch nicht gesehen, obwohl Wand und Tür, die das Abteil vom Gang trennten, verglast waren.

„Bloß jetzt nicht vor allen Leuten mit dem aufdringlichen Victor reden müssen!"

Wenn bei der nächsten Station wieder so viele Leute einsteigen würden, dann würde Victor genau dahin geschoben werden, wo auf der anderen Seite der Glasscheibe Bastian saß. Dabei wollte er auf keinen Fall entdeckt werden!

Er überlegte, ob er sich unter den Sitzplätzen oder unter dem Tisch verstecken sollte, aber das würde vermutlich auffallen.

Sein Blick fiel auf seinen dicken langen Wollmantel, der etwas seitlich über ihm an einem Haken hing. Kurz entschlossen zog er den Mantel zu sich heran und breitete ihn so über sich, dass Kopf und Oberkörper darunter versteckt waren.

Jetzt waren von ihm nur noch seine Beine und Füße von den Knien abwärts zu sehen. Falls jemandem sein Verhalten merkwürdig vorkommen sollte, hätte er natürlich recht, aber das war ihm für den Moment herzlich egal. Hauptsache Victor bemerkte ihn nicht!

Aber dieser Kelch, in Gestalt von Victor, ging – von der Menge geschoben – an ihm vorüber. Juchhu!

Als Bastian aussteigen musste, drängte er sich zum Ausstieg und sprang auf den Bahnsteig.

Alles Weitere würde sich finden!

Zu spät zur Entführung ...

Wolfgang Amadeus Mozart:
„Die Entführung aus dem Serail"

Heute Abend würde im Stadttheater Mozarts Singspiel „Die Entführung aus dem Serail" aufgeführt werden. Ein riesiges Spruchband über dem Portal des Theaters machte auf die Sängerin der Konstanze – Eva-Maria Lund – aufmerksam. Ihr ging der Ruf einer besonderen Künstlerin voraus: eine exzellente Sängerin, dazu jung und schön.

Mozart selber war bei der Erstaufführung seines Singspiels von der damaligen Konstanze auch sehr überzeugt gewesen. „Die geläufige Gurgel" hatte er sie in einem Brief an seinen Vater genannt.

Marie-Louise, eine zierliche, ältere Dame mit freundlichen grauen Augen, war auf dem Weg ins Stadttheater um die genannte Oper zu hören.

Seit vielen Jahren hatte sie ein Abonnement. Zwar war es nicht leicht für sie, die Summe aufzubringen, aber ihre Liebe zum Musiktheater war groß.

Ein Opernabend hatte für sie einen besonderen Glanz. In den Tagen danach hörte sie die geliebten Arien in ihrem Kopf immer wieder und fühlte sich davon in Hochstimmung versetzt. An diesem schönen Teil des Lebens teilhaben zu können, machte sie dankbar.

Marie-Louise nahm ihren Platz ein und begrüßte die Sitznachbarn; ein angenehm vertrautes Ritual. Ihren Abonnements-Platz im ersten Rang vorne links empfand sie geradezu als Privileg, weil sie von dort die Gesichter der Sänger beobachten konnte und noch dazu Einsicht in den Orchestergraben hatte. Sie konnte vor allem die Geigen beobachten, was sie mit Vergnügen tat.

Marie-Louise interessierte sich auch für die Kostüme der Darsteller. Zwar gab es nicht mehr so viele Aufführungen in historischen Kostümen wie in ihren jüngeren Jahren, aber besonders in den von ihr so geliebten Operetten trugen die Darsteller meistens noch die wunderschön anzusehenden Kleider des 19. und frühen 20. Jahrhunderts..

Sie bedauerte, dass es ihr als Rentnerin nicht mehr möglich war, regelmäßig ihre Ausgeh-Garderobe zu erneuern um modisch ‚en vogue' zu sein.

Außer ihrem alten Lurexkleid, auf das sie einst so stolz gewesen und das mittlerweile hoffnungslos aus der Mode gekommen war, besaß sie nichts

Passendes fürs Theater. Aber ordentlich, sauber und gepflegt war sie noch, tröstete sie sich. Und sie sah auch, dass es anderen Frauen in ihrem Alter ähnlich ging.

Der Vorhang war noch geschlossen, aber die Orchestermusiker hatten schon ihre Plätze eingenommen. Gerade nahmen sie vom Konzertmeister das „a" entgegen und stimmten sich ein.

Wenig später kam der Dirigent mit schwungvollen Schritten von der rechten Seite im Graben und ging zum Dirigentenpult. Er verbeugte sich vor dem Publikum, das gerade mal Kopf und Schultern von ihm sehen konnte. Nach dem Applaus drehte er sich zum Orchester und hob seinen Taktstock.

Die Ouvertüre begann mit einem Prestoteil. Der Einsatz von Becken, Triangel und großer Trommel stimmte die Zuhörer auf das türkische Milieu der Oper ein.

Marie-Louise stellte fest, dass ein Stuhl am zweiten Pult der ersten Geigen leer geblieben war. Sie wunderte sich – freibleibende Stühle in dem äußerst beengten Orchestergraben hatte sie bisher noch nie erlebt!

Am Ende der Ouvertüre öffnete sich der Vorhang. Sie ließ ihre Blicke mit Wohlgefallen auf dem attraktiven jungen Belmonte ruhen, der sich dem Landhaus des Bassa Selim näherte.

Erst als Osmin, der Landaufseher mit seiner Arie „Solche hergelauf'ne Laffen" seiner Abneigung gegen Pedrillo, den ehemaligen Diener Belmontes noch mal kräftigen Ausdruck verliehen hatte, lenkte eine leichte Unruhe im Orchester ihre Aufmerksamkeit von der Bühne wieder in den Graben.

Die fehlende Geigerin war gerade herein gekommen und fing sofort an mit ihren Kollegen mitzugeigen, als säße sie seit Vorstellungsbeginn dort. Doch was war das?

Als Einzige trug sie eindeutig keine Konzertkleidung – stattdessen verblichene Bluejeans und ein schwarzes T-Shirt mit Aufdruck! Durch die Linsen ihres Opernglases konnte Marie-Louise unschwer erkennen, dass es sich dabei um eine Ansammlung von Hochhäusern, genauer gesagt um die Skyline von Frankfurt mit dem bluttriefenden Schriftzug: „Frankfurt – Hauptstadt des Verbrechens" handelte.

Das war nun wirklich zu toll! Marie-Louise war ihrer eigenen Einschätzung nach eine tolerante und modern denkende Frau. Aber in einer so nachlässigen Kleidung mit solch einem provokanten Spruch eine Opernaufführung zu spielen, war in ihren Augen eine Respektlosigkeit den Zuschauern gegenüber! Sie beschloss, am nächsten Morgen einen Brief an die Verwaltung des Theaters zu schreiben und sich zu beschweren.

Gerade die gepflegte und festliche Atmosphäre gefiel ihr doch so sehr an ihren Theaterabenden! Dass es in jeder Aufführung auch einige junge Leute gab, die leger gekleidet waren, störte sie kaum. Denn das waren meist Studenten, die wenig Geld hatten und insofern Ausnahmen darstellten.

Während der innigen Arie des Belmonte „O wie ängstlich, o wie feurig klopft mein liebevolles Herz" spielten die ersten und zweiten Geigen lautmalerisch das Klopfen seines Herzens. Diese Stelle liebte sie besonders.

Später sang Konstanze ihr sehnsuchtsvolles „Ach, ich liebte, war so glücklich …". Marie-Louise kamen schon die Tränen, als sie die Oboe den langen Einleitungston für diese Arie spielen hörte.

Auch das war das Besondere dieser Opernabende, dass die Musik in ihr Gefühle wachrief, die in ihrem eintönigen Alltag kaum eine Rolle spielten. Und dass, obwohl die Konstanze des Abends die besonderen Erwartungen, die das Spruchband geweckt hatte, nicht erfüllte. Marie-Louise hatte schon bessere Konstanzes gehört. Aber sie wollte keine von den ewig krittelnden, besserwisserischen Besuchern sein, die jeden falschen Ton zählten und dann damit noch angaben.

In der Pause holte sie sich wie immer ein Glas von dem günstigen Sekt vom Büfett - noch hielt ihr Magen das aus -, denn dieser kleine Luxus gehörte für sie einfach dazu.

Außerdem hatte sie das Glück, alten Bekannten zu begegnen. Das Ehepaar Kommers mit denen sie und ihr Mann viele Jahre Doppelkopf gespielt hatten, winkte sie freundlich zu sich.

Ein kurzer Plausch mit netten Allgemeinplätzen und wenig Neuigkeiten, der dennoch ein gutes Gefühl bei ihr hinterließ.

Dann fing Marie-Louise an, von der Geigerin erzählen:

83

„Habt ihr gesehen, dass eine Musikerin so spät war, dass sie erst mitten im ersten Akt kam? Und dazu noch in Jeans und T-Shirt! Eine echte Zumutung, finde ich!"

„Ja, dass jemand vom Orchester zu spät kam, habe ich vom zweiten Rang auch gesehen, aber auf die Kleidung habe ich nicht geachtet", erwiderte Erwin.

„Bestimmt zieht sie sich in der Pause um! Die meisten Musiker legen erst im Theater ihre Konzertkleidung an. Wenn sie sich vorhin noch umgezogen hätte, wäre sie ja noch später gewesen." meinte seine Frau.

„Damit kannst du recht haben, Monika. Das habe ich nicht bedacht."

Und so war es dann auch. Zum zweiten Akt erschien besagte Geigerin im langen schwarzen Rock mit Bluse. Marie-Louise war besänftigt.

Beim Hinausgehen gab es einen Stau im Treppenhaus und im Foyer. Marie-Louise ließ sich entspannt mit der Menge treiben und dachte an die Höhepunkte dieses schönen Abends.

„Hallo, Tante Marie!", rief ihr ein junger Mann fröhlich über mehrere Köpfe hinweg zu!

„Oh Matthias, ich wusste gar nicht, dass du hier bist! Wie schön dich zu sehen! Hast du auch mitgespielt?"

Ihr Neffe Matthias studierte Bratsche in Bremen und wurde manchmal vom Nordenstedter Orchester als Aushilfe engagiert. Da diese gut zahlten und er bei dieser Gelegenheit seine Mutter besuchen konnte, kam er gern. Und manchmal nahm er sich auch die Zeit, bei ihr vorbei zu kommen.

Vor dem Theater stießen Marie-Louise und Matthias zueinander.

Sie schwelgten gemeinsam von dem Erlebten.

Das Duett „Welch ein Geschick!" klang ihnen noch in den Ohren und hatte sie kurz vor dem Ende noch einmal ganz unirdisch verzaubert.

Marie-Louise kam kurz auf die verspätete Geigerin zu sprechen.

„Um die brauchst du dir keine Gedanken zu machen! In der Kantine hing schon in der Pause ein Zettel von der Intendanz - darauf stand etwas von einer saftigen Konventionalstrafe! Die wird so schnell nicht wieder zu spät kommen!"

Jetzt tat ihr die Geigerin leid, selbstverständlich würde sie nun nicht an die Verwaltung schreiben. Diesen Theaterabend aber würde sie in wunderschöner Erinnerung behalten und die herrliche Musik in sich nachklingen lassen.

Die dritte Dame in der „Zauberflöte"

Wolfgang Amadeus Mozart: „Die Zauberflöte"

Diese Begebenheit passierte in den 90er Jahren, als Telefonzellen noch zum gewohnten Stadtbild gehörten. Damals waren sie zwar schon nicht mehr gelb, sondern grau und pink, später wurden sie weniger und weniger und irgendwann waren sie bis auf einzelne Ausnahmen ganz verschwunden.

Als die Post noch für die Telekommunikation zuständig war, hatte das Nordenstedter Stadttheater in der Kantine eine gelbe Telefonzelle aufstellen lassen, die bei Schauspielern, Sängern, Orchestermusikern und Bühnentechnikern sehr beliebt war, denn damals war der Besitz von Handys noch nicht allgemein gebräuchlich.

Auf dem Spielplan stand wieder einmal Mozarts „Zauberflöte". Anders als in späteren Jahren, in denen die Bühnenbilder immer minimalistischer wurden und mehr und mehr sich dem Prinzip der Andeutungen verschrieben hatten, war diese Inszenierung von einer wunderbar opernhaften Opulenz.

Im ersten Akt konnten die Zuschauer das riesige Ungeheuer, das Tamino bedrohte, hautnah erleben und es gab einen dichten grünen Wald, in dem Papageno seine Vögel für die Königin der Nacht fing.

Die drei Damen – Dienerinnen der Königin – trugen bodenlange Kleider aus violettem Presssamt, versehen mit steifen weißen Manschetten, die fast bis zu den Ellenbogen reichten, dazu große ebenfalls weiße Kragen. Als Kopfbedeckungen fungierten weiße Hauben, deren Überdimensioniertheit entfernt an die Hauben der Vinzentinerinnen erinnerte.

Janice Graham, schwarze Amerikanerin und geschätzte Sängerin am Nordenstedter Stadttheater, verkörperte die dritte Dame. Sie war eine hochgewachsene Frau, deren kräftige Formen durch die Kostümierung dieser Inszenierung noch betont wurden.

Die Partie der Dame verkörperte sie mit großer Würde, einer Würde, die sie in allen ihren Rollen ausstrahlte. Im Privatleben zeigte sie sich liebenswürdig, hilfsbereit und immer höflich. Sie verfügte über eine ungewöhnliche Stimme - ein Mezzosopran mit sehr dunklem Timbre und viel Vibrato.

In der heutigen Aufführung wollte sie in der Pause telefonieren. Ihr waren Bedenken gekommen, ob sie sich mit ihrer ausladenden Gestalt mitsamt Haube durch die Tür der Telefonzelle würde schlängeln können, ohne dass das Kostüm Schaden nehmen würde.

Vielleicht sollte sie zur Sicherheit bei offener Tür telefonieren? Ach nein, sie konnte keine Zuhörer gebrauchen. Am Theater wurde so viel getratscht, und dass ihr neuer Freund verheiratet war, sollte möglichst keiner erfahren.

Mit beiden Händen hob sie den Saum ihres Kleides und lief die Treppen zur Kantine hinunter. Glück gehabt – die Telefonzelle war frei, jetzt vorsichtig hinein. Es ging leichter als befürchtet, auch weil Horst Schneiders, der Sänger des Sarastro, mit strahlendem Lächeln herbei geeilt war, um ihr galant die Tür aufzuhalten. Offensichtlich machte er sich immer noch Hoffnungen, aber die Sache war vorbei. Egal jetzt, bis hierher hatte sie es geschafft!

Janice wählte die Nummer ihres Freundes und beobachtete dabei, wie die Kantine sich schnell füllte, vor allem mit Orchestermusikern, die etwas trinken wollten und sich zu kleinen Gruppen zusammenfanden. Die Sängersolisten dagegen blieben in den Publikumspausen oft lieber in ihren Garderoben und sangen sich ein.

Manche hatten auch das Bedürfnis nach Bewegung und hielten sich auf- und abwandernd in den Fluren und Räumen hinter der Bühne auf.

Matthias, ein studentischer Aushilfsmusiker, hatte sich gerade eine Cola geholt und beobachtete vergnügt die schwarze Sängerin beim Telefonieren.

Ihre Gestalt in dem Kostüm war eindeutig zu voluminös für die enge Zelle. Bei jeder kleinen Bewegung stieß ihre Haube an die gläsernen Wände.

Er konnte zwar nicht hören, was sie sprach, aber er sah, dass sie ihren ganzen Charme aufbot, scherzte und lachte, um ihren Gesprächspartner zu becircen. Mit schmeichelnden und bittenden Gesten streichelten ihre Hände beim Sprechen die silberne Telefonschnur.

Matthias war nicht ihr einziger Zuschauer, andere gesellten sich zu ihm und amüsierten sich über das Bild, das die Sängerin in der engen Zelle bot.

„Ende der Pause, bitte wieder Plätze einnehmen!" tönte in diesem Augenblick die Stimme des Inspizienten aus dem Lautsprecher. Keiner der Musiker verfiel in Hektik, dennoch war die Kantine in wenigen Augenblicken leer.

Janice hatte ihr Gespräch beendet und schickte sich an, die Tür der Zelle zu öffnen. Dazu musste sie zurücktreten, aber das war ihr nicht weit genug möglich mit der riesigen Haube und auch die Manschetten behinderten sie. Immer war ihr ein Teil im Weg und sie durfte mitten in der Vorstellung nicht riskieren, ihr Kostüm zu lädieren.

Wie hatte sie es nur geschafft, so ohne Schwierigkeiten hineinzukommen? Die Haube war das größte Problem; allein konnte sie sie nicht abnehmen und wer garantierte ihr, dass sie rechtzeitig einen Kostümbildner finden würde, der ihr das Ding wieder richtig aufsetzte?

Obwohl Janice noch viel Zeit bis zu ihrem nächsten Auftritt hatte, geriet sie langsam in Panik. Ohne Hilfe würde sie es schwerlich schaffen.

Warum war gerade jetzt niemand in der Kantine?

Der Sänger des Sarastro, der ihr bestimmt gern geholfen hätte, war schon lange gegangen, denn nach der Pause hatte er seine große Szene im Tempelhof mit den Priestern des Sonnenkreises.

Und wo war Anni, die Seele der Kantine, geblieben? Vorhin war sie die ganze Zeit hier herum gewuselt.

Janice versuchte sich durch tiefes Ein- und Ausatmen zu beruhigen und daran zu denken, dass aller Wahrscheinlichkeit nach in den nächsten Minuten jemand auftauchen würde, der ihr helfen könnte.

Hoffentlich nicht der ständig alkoholisierte Korrepetitor!

Die Komik der Situation war ihr durchaus bewusst, aber wichtiger als eine eventuelle Blamage war ihr das Telefonat mit dem neuen Freund gewesen.

In diesem Augenblick stürmten die anderen beiden Damen in die Kantine.

„Janice, Menschenskind, wo bleibst du denn? Wir wollten doch das Terzett noch mal durchsingen!"

Beim Anblick ihrer Kollegin in der engen Zelle brachen sie in respektloses Lachen aus, fassten sich aber schnell wieder und begriffen sofort, dass Janice ihre Unterstützung brauchte.

Eine von ihnen musste versuchen, die Haube zu schützen und darauf Achtgeben, dass sie nicht verrutschte, die andere musste Janice die Tür aufhalten und sie gleichzeitig mit sanfter Gewalt aus der Zelle ziehen.

Nach ein paar Fehlversuchen und dem richtigen Maß an Schwung schafften sie es schließlich mit vereinten Kräften.

Erleichtert wollten sich in die Arme fallen, aber gerade noch rechtzeitig fielen ihnen ein, dass das keine gute Idee war, solange sie noch in ihren Kostümen steckten.

Die Zwangsneurose des Geigers Schabowski

9. Symphonie von Ludwig van Beethoven

Der Applaus für die neunte Symphonie von Beethoven war verklungen und der junge Orchestermusiker Michael ging zusammen mit seinen Kollegen von der Konzertbühne hinunter in das Stimmzimmer der Streicher. Er verpackte sein Cello sorgfältig, verstaute die Noten im Reißverschlussfach am Instrumentenkasten und begann sich seiner Orchesterkleidung zu entledigen.

Den schwarzen Anzug und das weiße Hemd zusammen mit der Krawatte hängte er in seinen Spind auf dem Flur, holte seine Alltagskleidung heraus, und legte sie sich über den Arm, um sich im Stimmzimmer in aller Ruhe wieder anzuziehen.

Im Flur kam ihm der Bariton des Abends auf Strümpfen entgegen, offensichtlich schlecht gelaunt. Michael wollte ihm einen Gruß zunicken, aber Freimann kam ihm zuvor:

„Na, ihr habt euch ja heute Abend mal wieder was zurecht gerumpelt!" versuchte er Michael stellvertretend für das ganze Orchester zu beleidigen.

„Dann passt es ja - du kannst ja auch nicht singen!" parierte der gekonnt den Angriff.

Freimann ging böse vor sich hin murmelnd weiter.

Als er zurück ins Stimmzimmer kam, waren die meisten seiner Kollegen schon verschwunden; viele saßen in der Kantine, um noch ein schnelles gemeinsames Bier zu kippen, das ihnen helfen sollte, aus dem Höchstleistungsmodus des Konzertes wieder herunterzukommen und zu entspannen, bevor sie dann andere Kneipen oder den heimatlichen Hafen ansteuern würden.

Aber Michael durfte wegen seiner schmerzhaften Magenbeschwerden keinen Alkohol trinken und um nicht in Versuchung zu geraten, vermied er meist den Besuch der Kantine.

Seit ein paar Monaten hatte der junge Cellist nur noch eine halbe Stelle am Konzert- und Opernhaus, um mehr Zeit für die Betreuung seines fünfjährigen Sohnes zu haben und die berufstätige Mutter des gemeinsamen Kindes zu entlasten. Aber heute Abend waren Mutter und Kind bei den Schwiegereltern, und da in ihrer Wohnung niemand auf ihn warten würde, trödelte er gedankenverloren herum.

Plötzlich bemerkte er aus den Augenwinkeln, dass er beobachtet wurde. Außer ihm war nur noch ein älterer Mann aus der Gruppe der zweiten

Geigen im Raum. Dieser putzte und wienerte seine Violine mit akribischer Sorgfalt. Dabei glänzte sie schon beachtlich. Hin und wieder warf er schiefe Blicke in Michaels Richtung, guckte dann aber schnell wieder weg, als würde er warten, dass dieser endlich den Raum verließe, damit auch er gehen könne.

„Komisch, " dachte Michael, „wieso bleibt der so lange allein in diesem trostlosen Kellerraum von Stimmzimmer? Normalerweise wollen doch alle nach dem Konzert sofort raus aus dem Theater, allerhöchstens geht es noch zu einem Absacker mit den Kollegen in die Kantine. Zu klauen gibt es hier nichts, alle Kollegen tun ihre Instrumente und sonstige Sachen in die abschließbaren Spinde - höchstens dass irgendwo mal ein alter zusammengeknüllter Pullover herumliegt. Das einzige Mobiliar sind diese langen Resopal-Tische, die einfach nur schäbig aussehen. Dazu die grelle Neonbeleuchtung, die auch nicht gerade gemütlich ist."

Die Situation amüsierte ihn und er dachte: "Na, wollen doch mal sehen, wer länger durchhält!", und er begann, sich ebenfalls mit seinem Instrument zu beschäftigen. Er packte es noch einmal aus und prüfte den Zustand der Saiten;

dann putzte er sorgfältig seinen schönen Corpus und befreite ihn von allen Kolophoniumspuren.

Danach kam ihm die Idee, seine Noten herauszuholen und durchzusehen.

Der Geiger Schabowski wurde unruhig, er warf besorgte Blicke auf seine Uhr, seufzte laut auf, verließ aber das Stimmzimmer nicht. Jetzt wickelte er mit großer Ernsthaftigkeit seine Geige in ein graues Seidentuch ein. Jede seiner Bewegungen wirkte wie ein einstudiertes und oft praktiziertes Ritual.

„Irgendwie ist so eine Macke typisch für Schabowski!", dachte Michael spöttisch, „jetzt fehlt nur noch Frau Glitsch und das verrückte Duo ist komplett."

Er betrachtete seinen Kollegen aus den Augenwinkeln. Schabowski war ein kleiner Mann Anfang sechzig, früher war er vielleicht einmal gut aussehend gewesen. Er versuchte ständig eine wichtige Miene aufzusetzen; er hatte große braune Augen und große Nasenlöcher, einen Schnauzbart und für hübsche junge Frauen wie die Geigerin Lydia ein breites Grinsen, das seine weit auseinander stehenden alten Zähne entblößte. Insgesamt war er eine unauffällige Erscheinung. Jedes Orchestermitglied wusste, dass Schabowskis geigerische Fähigkeiten kümmerlich waren und es war allen ein Rätsel, wie er jemals eine Stelle in diesem Orchester hatte ergattern können, selbst wenn man davon ausging, dass er als junger Mann besser gespielt hatte. Keiner wusste, ob Schabowski die Einschätzung seiner Kollegen kannte. Frau Glitsch war seine vertraute Kollegin aus der Gruppe der zweiten Geigen, ihre instrumentalen Fähigkeiten entsprachen denen von Schabowski, ihr trudchenhaftes Aussehen und das dazu passende Getue taten ein Übriges, um beide in Außenseiterrollen der Orchestergemeinschaft zu halten.

Schließlich wurde Michael das Spiel zu dumm, er wollte nur noch nach Hause – also zog er seine Jacke an und verließ den Raum. Kaum eine halbe Minute später, er war noch im Treppenhaus des Theaters, hörte er, dass auch Schabowski den Raum verließ.

Am nächsten Abend fand die zweite Aufführung des Symphoniekonzertes statt. Michael war gespannt, wie sich die Dinge nach dem Konzert im Stimmzimmer entwickeln würden. Er hatte entschieden, Schabowski heute eine halbe Stunde zu geben, um festzustellen, ob sich seine

Vermutung über Schabowskis Zwang, immer als letzter aus dem Stimmzimmer gehen zu müssen, bewahrheiten würde.

Es kam wie erwartet - schon nach gut fünf Minuten waren er und der ältere Mann wieder allein zu zweit im Stimmzimmer. Michael hatte sich Lesestoff mitgebracht und vertiefte sich in seine Lektüre, aß ein mitgebrachtes Butterbrot und hatte seine Wasserflasche neben sich stehen, ganz so als hätte er alle Zeit der Welt. Er würdigte Schabowski keines Blickes, aber das war nicht verwunderlich, denn die beiden sprachen nie miteinander.

Dieser strich unruhig um seinen Geigenkasten herum, öffnete ihn und wiederholte die Putz- und Einwickelprozedur an seinem Instrument, dabei seufzte er immer wieder, fixierte seine Armbanduhr, machte aber keine Anstalten zu gehen. Nach zehn Minuten schien er sich in sein Schicksal zu ergeben, er setzte sich mangels Stühlen wie Michael auf den Tisch neben seine Geige und nahm seine Noten heraus. Erst breitete er sie aus, um sie dann langsam und pedantisch genau Ecke auf Ecke zu legen.

Und obwohl Michael versuchte, ihn gar nicht zu beachten, spürte er die krampfhafte Beklommenheit des Kollegen. Mitleid empfand er keines, denn er teilte die allgemeine Meinung der Kollegen über Schabowski, die diesen als faulen Sack bezeichneten, der schwierige Passagen in seinen Noten niemals übte, stattdessen an diesen Stellen einfach nur markierte und das Spielen den anderen überließ.

Die Situation war auch nach Michaels geplanten dreißig Minuten unverändert und dann hatte er wieder die Nase voll von der bedrückenden Atmosphäre und der schlechten Luft im Stimmzimmer - er wollte nur noch hinaus und mit unbeschwert plaudernden Menschen zusammen sein. Er rannte fast aus dem Theater.

Am Zuschlagen der schweren Metalltür hörte er noch, wie Schabowski auch dieses Mal kurz nach ihm das Stimmzimmer verließ.

Das nächste Symphoniekonzert fand erst drei Wochen später statt. In der Zwischenzeit hatte Michael sich mit einigen Kollegen zusammen getan und sie hatten beschlossen, sich einen Scherz mit der Marotte des zweiten Geiger zu erlauben. Es musste doch möglich sein, Schabowski dazu zu bringen, vor ihnen das Stimmzimmer zu verlassen!

Also ließ sich Michael mit drei Bratschisten und einem Schlagzeuger nach dem Konzert auf den Tischen im Stimmzimmer nieder. Sie stellten die mitgebrachten Bierflaschen in einer langen Reihe hintereinander auf; jeder bediente sich, öffnete seine Flasche zünftig an der Tischkante und dann begannen sie ein gut gelauntes Palaver. Wie vorher verabredet, machten sie von Zeit zu Zeit laut Bemerkungen, die für den Kollegen bestimmt waren und ihm klar machen sollten, dass sie so bald nicht gehen würden:

- „Ich hab unser Monopoly-Spiel mitgebracht, das können wir nachher noch spielen; das letzte Mal haben wir sechs Stunden gespielt, das war echt super!"

- „Die Flaschen hier habe ich aus der Kantine geholt. Wenn wir die platt gemacht haben, hole ich noch einen Kasten Bier aus meinem Auto. Dem Pförtner am Bühneneingang reich' ich zwei Flaschen rüber, dann hält der dicht."

- „Adam kommt nachher auch, er will uns heute Abend noch seine 400 Urlaubsfotos zeigen!" Adam war ein schwieriger Kollege, dessen Urlaubsfotos in Wahrheit niemand sehen wollte.

Schabowski reagierte mit lautlosem, angstvollen Entsetzen auf die ungewohnte Situation. Er wirkte, als würde er verzweifelt die Hände ringen, was er natürlich sichtbar gar nicht tat. Nach der üblichen Putz- und Einwickelprozedur an seinem Instrument setzte er sich mit dem Rücken zu den feiernden Bratschisten auf einen Tisch und versuchte krampfhaft eine würdevolle Haltung aufrechtzuerhalten, während er in seinen Noten herumblätterte.

Aber sogar seinem Rücken sah man das Erschrecken an, immer resignierter sackte er in sich zusammen, seine Hände verkrampften sich, er musste die Noten weglegen und ballte unter den verschränkten Armen die Hände zu Fäusten. Seine Atemstöße klangen selbst für die erbarmungslosen Kollegen, die gewollt eine lärmende Lustigkeit zur Schau stellten, nicht gesund.

Schließlich – nach eineinhalb Stunden stummen Kampfes mit sich selbst, Schabowski schien in diesem Zeitraum deutlich geschrumpft, schlich er sich leise und verstohlen aus dem Stimmzimmer wie ein besiegter Torero.

Die Kollegen bemerkten es kaum.

Aber als sie endlich die Tür zum Hinausgehen fanden, meinte einer: „Zwangsneurose hin und her, aber mehr als 1 ½ Stunden warten denn doch nicht!"

Was sie nicht wussten und darum nicht nachempfinden konnten, war die Not, die mit einem solchen - vermeintlich sinnlosen - Zwang verbunden ist.
Schabowski hatte zwar das Stimmzimmer vor ihnen verlassen, würde sich aber in eine Situation begeben müssen, in der er die Zwangshandlung in einer für ihn akzeptablen Form nachholen konnte.

Der Intendant wird auf den Arm genommen

Benjamin Britten: „Peter Grimes"

Als der letzte Akkord der Oper verklungen war, gab es einen magischen Moment der Stille. Erst dann brandete Applaus auf. Damit war die Premiere der Oper „Peter Grimes" von Benjamin Britten am Nordenstedter Theater beendet. Die Besucher waren beeindruckt und das Beifallsrauschen hielt lange an.

Obwohl die Nordenstedter sich diesem Seestück von Benjamin Britten wegen der Lage ihrer Stadt an der Nordsee und seiner dem Meer verbundenen Thematik immer besonders verbunden gefühlt hatten, war die Oper vor der heutigen Premiere viele Jahre nicht gespielt worden.

Gleich nach der Aufführung sollte die Premierenfeier in der Künstlerkantine des Theaters beginnen.

Eingeladen waren alle an der Oper beteiligten Künstler des Abends sowie die Intendanten, Opernregisseure und Kapellmeister der benachbarten Städte.

Die Honorationen der Stadt und die Presse wollte Ravanowsky, der Intendant des Nordenstedter Theaters, dieses Mal draußen halten; es sollte eine interne Feier nur für die Theaterleute sein.

In der Pause hatte er vorsorglich ein Treffen mit dem Kulturredakteur der Tageszeitung arrangiert. Bei einem Glas Sekt hatte er versucht, ihm all die Informationen unterzujubeln, die er bei der Rezension der Inszenierung zu lesen hoffte.

Nach dem Gespräch stellte der Intendant befriedigt fest, dass er mit dem Presseheini ein leichtes Spiel gehabt hatte. Mann, hatte der Fragen gestellt - noch naiver und klischeehafter war nicht vorstellbar! Anscheinend war er noch nie in einer Oper gewesen. Vielleicht hatte er mal „Die Marx Brothers in der Oper" gesehen. Wo sonst konnte er seine Vorstellungen herhaben?!

Die Zeit der alten italienischen Opern, die tatsächlich eine Mischung aus Pathos und Klamauk gewesen waren, war nun gewiss schon lange her.

Wie gut, dass er, Ravanowsky, im Laufe seiner Berufszeit am Theater mit allen Wassern gewaschen worden war, ihn würde keiner so leicht einseifen können!

Wie er allerdings vor dem Journalistenfuzzi herumgesülzt hatte, zum Beispiel über den Videokünstler dieser Operninszenierung – da war ihm von seinen eigenen Worten fast schlecht geworden.

So was von überflüssig und nichtssagend wie diese Videoinstallationen, die auf der Bühne während der Oper liefen – das hätte jeder Schüler besser hingekriegt! Aber so etwas durfte er höchstens mal im internen Kreis äußern, sonst riskierte er wieder irgendwelche Zuschüsse.

Ravanowsky stieg langsam die Treppe im Gebäudetrakt hinter der Bühne zur Kantine hinauf. Immerhin, die Gesamtinszenierung, die Sänger der Hauptrollen und sogar das Orchester waren recht ordentlich gewesen.

Im Grunde konnte er heute Abend sehr stolz auf sein Ensemble sein, dachte Ravanowsky so selbstzufrieden, als ob er höchstpersönlich die künstlerischen Leistungen erbracht hätte!

Aus der Kantine scholl ihm fröhlicher Lärm entgegen; die Angestellten hatten die Tische nach seiner Anweisung zusammengestellt, weiße Tischdecken aufgelegt und sich sogar um so etwas Ähnliches wie eine festliche Tischdekoration bemüht.

Einige Sänger des Opernchores hatten schon Platz genommen und bildeten zusammen mit ein paar Orchestermusikern ein ausgelassenes Grüppchen.

Dabei hatte Ravanowsky ausdrücklich Anweisung gegeben, dass das Orchester zu dieser Premierenfeier nicht eingeladen war! Dennoch hatten fünf Instrumentalisten tatsächlich die Frechheit besessen, sich über seine Anordnung hinweg zu setzen!

Mit dem Budget, das ihm zur Verfügung stand, konnte er schließlich keine Hundertschaften versorgen. Die Abendbesetzung eines Opernorchester bestand aus gut fünfzig Musikern und er wusste aus Erfahrung, welche Mengen von den Orchesterleuten bei solchen Anlässen weggeputzt und vor allem weggeschluckt wurden!

Natürlich konnte der Ausschluss der Orchesterleute Ärger bedeuten, denn dass seine Entscheidung nicht gerecht war, das war ihm klar.

Er ging auf die Musiker zu, um sie noch mal an seine Anordnung zu erinnern, da hob der eine, ein frecher junger Kerl aus der Bratschengruppe, die Hand und rief: „Wir sind schon fast verschwunden!"

Ravanowsky nickte, obwohl er ihm nicht glaubte, aber es war sicher am klügsten, erst einmal abzuwarten.

Obwohl weder der Dirigent und der zweite Kapellmeister, noch das Team der Opernregie, noch die Sänger der Hauptrollen zu sehen waren, war die Kantine schon fast voll. Das war mal wieder typisch - Fußvolk, wohin man nur blickte! Überhaupt - was saßen da drüben in der Ecke für übergewichtige alte Tanten? Wer hatte die denn eingeladen? Einige sahen aus, als wären sie mindestens siebzig. Ravanowsky spürte, wie ihm das Blut in den Kopf stieg und er kurz davor war, ein Donnerwetter loszulassen.

In dem Moment kam der Ballettmeister mit seinem Freund herein, beide in identischen funkelnagelneuen Lederjacken. Ravanowsky blickte ihn fragend an und deutete mit dem Kinn in die bewusste Ecke. Der Ballettmeister lachte nur und sagte leichthin: „Die russischen Ballettmammis!"

Natürlich - darauf hätte er auch selber kommen können! Das Ballett hatte in der Volksszene im dritten Akt getanzt und die Mitglieder der Ballett-Truppe waren fast alle Russen.

Und da saßen sie, die Mütter und Großmütter der Tänzerinnen und Tänzer, die jahrelang gespart und verzichtet hatten, um ihren Kindern oder Enkeln Ballettstunden zu ermöglichen. Die sich krummgelegt hatten, um Ballettkostüme zu kaufen oder selber zu nähen, die bei jeder Aufführung der Ballettschule und jedem Vortanzen dabei gewesen waren. So viele Jahre war ihr Leben nur auf das eine Ziel ausgerichtet gewesen, ihren Zögling auf dem Weg zur Tänzerin oder zum Tänzer zu unterstützen und zu begleiten, koste es was es wolle! Und auf diesem langen, schweren Weg harten Trainings hatte es reichlich Kämpfe, Entbehrungen, Niederlagen und Enttäuschungen gegeben!

Und jetzt nahmen diese Frauen sich den ihnen zustehenden Lohn, indem sie sich auf all den Theaterfeiern, die nach den Auftritten ihrer Lieblinge stattfanden, zugehörig und eingeladen fühlten.

Zwar war Ravanowsky nicht erfreut und nahm sich vor, die Damen gegebenenfalls doch hinaus zu komplimentieren, aber er wusste, dass sie ein harmloses Kuriosum vieler Theaterfeiern waren.

Doch nun wurden die Schwingtüren der Kantine weit geöffnet und herein kamen Dirigent, Regisseur und der Sänger des ‚Peter Grimes'. „Ah, endlich kommt die Prominenz!" Mit hocherfreuter Miene und ausgebreiteten Armen ging Ravanowsky ihnen entgegen.

Es wurde eine richtig gute Premierenfeier mit allem was dazugehört! Die auswärtigen Theaterleute kritisierten und lobten die neue Operninszenierung fachkundig. Über abwesende Personen wurde ausgiebig und genussvoll gelästert und der neueste Theaterklatsch ausgetauscht.

Ravanowsky hatte dem Rotwein gut zugesprochen und ab dem vierten Glas störte ihn die schlechte Qualität des Weines nicht mehr.

Irgendwann war dann der Höhepunkt des Festes überschritten, viele Teilnehmer bereits gegangen und Ravanowsky tat sich keinen Zwang mehr an: er zog der Bequemlichkeit halber das Hemd aus der Hose und ließ es über den Hosenbund hängen, das Jackett hatte er schon vorher ausgezogen. Er holte sich einen Whisky, stellte mehrere Stühle dicht nebeneinander und legte sich der Länge nach auf die Sitzflächen, den Ellbogen aufgestützt, das Whiskyglas vor sich. Halb sitzend, halb liegend, die Haare zerrauft, betrachtete er das Treiben der Theaterleute um sich herum.

Die übrig gebliebenen Teilnehmer waren erschöpft, beschwipst und heiter gelöst. Morgen würden die Rivalitäten und Spannungen wieder aufflammen; die gemeinsamen Stunden heute Nacht jedoch waren wie eine Atempause.

Der junge Bratscher, der Ravanowsky am Anfang der Feier angesprochen hatte, setzte sich zu ihm. Was wollte er ihm eigentlich noch sagen? Irgend eine ärgerliche Zurechtweisung, es fiel ihm nicht mehr ein. Wahrscheinlich war es doch nicht so wichtig, in seinem Kopf herrschte ein angenehmer Nebel von Trunkenheit.

Der junge Mann lächelte ihn freundlich an. „Tolle Inszenierung, hat eingeschlagen wie eine Bombe!"

Ravanowsky nickte selbstgefällig. ‚Eigentlich doch ein netter Bursche und wo er recht hatte, hatte er recht.'

„Ich habe in der Pause mit einer Kennerin der internationalen Opernszene gesprochen. Sie war ausgesprochen beeindruckt! Und das, obwohl sie erst kürzlich die ‚Peter Grimes' – Inszenierung in London gesehen hat! Sie will eine sehr positive Kritik über die Inszenierung in der „Opernwelt" veröffentlichen! Und sie will ein Interview mit Ihnen!"

Ein wohlig kribbelnder Schauer lief Ravanowsky über den Rücken, für ihn immer ein Zeichen, dass etwas Besonderes geschah: Da war es, das Erfolgsgefühl, das er seit Beginn seiner Tätigkeit hier an diesem Theater für sich ersehnt hatte. Ja, er hatte es gewusst, so ein Erfolg war auch in einer Stadt wie Nordenstedt möglich!

Der Bratscher hingegen hatte die andächtige Ergriffenheit Ravanowskys mit Genugtuung wahrgenommen und verließ schadenfroh grinsend das Fest.

Die Kennerin der internationalen Opernszene war in Wahrheit seine Mutter, die zwar eine begeisterte Opernbesucherin, aber keine Kennerin in dem Sinn war, wie er es Ravanowsky weisgemacht hatte. In London war sie auch nicht gewesen und bei der „Opernwelt" kannte sie niemand.

So eine Frechheit, das Orchester nicht zur Premierenfeier einzuladen - der hatte sie wohl nicht alle! Wie wollte er denn eine Operninszenierung auf die Beine stellen ohne Orchester!

Und wo zweifellos besonders in dieser Oper die Orchesterzwischenspiele besonders wichtig waren! Ausdrucksstark und tonmalerisch eindringlich zeichnen sie Bilder des englischen Meeres an der Ostküste: bedrohlich und gewaltig, düster und unberechenbar gefährlich.

Zu der Aufgabe des Orchesters die Sänger zu unterstützen kommt noch die psychologische Funktion der Musik.

Als Balstrode, der einzige Freund Peter Grimes', ihm rät, auf große Fahrt zu gehen, damit die bösen Zungen am Ort verstummen, spürt er, dass er sich nicht von der Heimat zu trennen vermag. Von diesem Gefühl erfahren wir zuerst vom Orchester. Wenn wir hoffen, dass Ellens Fürsprache den Jungen vor seinem frühen Tod bewahren wird, wir aber ahnen, dass es nicht so sein wird, so wissen wir das durch die Orchestermusik. Erst die Orchestermusik sagt uns, was wirklich los ist – genauso wie der Erzähler in einem Buch, die Off-Stimme in einem Film, Lassie in der Fernsehserie *Lassie* oder die Denkblasen in einem Comic-Heft.

Das Orchester hat außerdem die größte Anstrengung zu bewältigen:

Es kann nach einer schwierigen Szene nicht einfach – wie die Sänger und Tänzer – von der Bühne abgehen und sich erholen. Es spielt die ganze Zeit.

Ravanowsky als Intendant war ein Opernfachmann, wie konnte er da die Rolle des Opernorchesters so gering schätzen?
Er hatte es verdient, mal ordentlich verladen zu werden!

Messiah from Scratch 2009

Georg Friedrich Händel: „Der Messias"

In diesem Jahr gab es für mich und meine beiden erwachsenen Kinder ein Jubiläum: Zum zehnten Mal würden wir zum Messias-Singen nach London fahren!

Anders als in den vergangenen Jahren fand das große Ereignis dieses Mal mitten im November statt und nicht am Wochenende des ersten Advents.

Voller Vorfreude suchte ich unsere Notenbücher und meine rote Bluse – die für die Altstimmen obligatorische Kleidung - heraus.

Meine Tochter würde ein hellblaues Oberteil tragen, denn hellblau war die Farbe der Soprane, wobei es mich immer wieder erstaunte, wie vielen Schattierungen von Blautönen die Engländerinnen dem Begriff "light blue" zuordnen.

Die männlichen Chorsänger und Orchestermusiker tragen einheitlich schwarze Anzüge mit weißen Hemden, sodass ich für meinen Sohn kein Extra-Outfit brauchte.

Alle Reisestrapazen waren vergessen, als wir vor der roten Backstein-Rundfassade unserer geliebten alten 'Royal-Albert' standen. Unter den vielen Menschen, die dem ehrwürdigen Gebäude zustrebten, erkannte ich wie in den vergangenen Jahren auch dieses Mal bekannte Gesichter.

Es war ein schönes Gefühl für mich, von den reizenden älteren Damen herzlich begrüßt, und willkommen geheißen zu werden.

"I am so happy to see you again!" -

"Would you like to stand and sing together just like last year?"-

Es war, als würde das lange und ereignisreiche vergangene Jahr schrumpfen und nur dieser Leucht- und Freudepunkt im Jahreslauf, das gemeinsame Singen des "Messias" hätte Bedeutung.

Der wunderbare große Saal mit der matt schimmernden Holztäfelung summte wie ein Bienenstock und alle Geräusche, die einem festlichen musikalischen Ereignis vorangehen, waren zu hören:

Die Musiker der BBC-Philharmoniker saßen bereits auf ihren Plätzen, stimmten ihre Instrumente oder spielten sich ein.

Aus einem Raum, der dem Klang nach zu urteilen hinter oder neben der Bühne sein musste, hörte man die Koloraturen der Sopranistin.

Chorsänger raschelten mit ihren Noten, einige

summten oder sangen leise, um sich einzustimmen und schwierige Passagen zu memorieren.

Erwartungsvolles gedämpftes Gewisper kam aus dem Zuschauerraum. Schmuckstücke blitzen im Schein der Lampen auf, hier und da erreichten die Nase wundervolle Parfümdüfte und ab und an roch es durchdringend nach Mottenkugeln.

Die Gesangssolisten saßen festlich gekleidet und auf ihre Notenblätter konzentriert, in einer Reihe vor dem Orchester.

Als sich dem Raum mitteilte, dass unten beim Orchester etwas Wichtiges geschah, verstummten die Gespräche:

Alle Blicke wandten sich nach vorn. Schon beim Hereinkommen war mir aufgefallen, dass auf dem Dirigentenpult ein hochbeiniger Stuhl zum Sitzen oder zum "Sich-daranlehnen" bereitstand.

Denn wie in jedem der vergangenen 34 Jahre, würde auch dieses Mal Sir David Willcocks dirigieren, ein bekannter britischer Komponist, Dirigent und Gentleman in den Achtzigern. Schon früher hatte ich den gebrechlichen alten Mann für seine Durchhaltekraft bewundert. In diesem Jahr schien seine Hinfälligkeit zugenommen zu haben.

Offensichtlich konnte er nicht mehr selbstständig gehen, denn gerade wurde er von zwei Helfern herein getragen. Sie hatten ihn links und rechts unter die Achsel gefasst und wie eine Puppe ließ er es mit sich geschehen. Dann versuchten sie, ihn auf das Dirigentenpult vor den bereit gestellten Stuhl zu heben. Nach einigen mühseligen Versuchen, bei denen die Menschen im Saal um den alten Mann bangten, gelang es. Die Musiker hatten aufgehört, sich einzuspielen, der Saal war ganz Aufmerksamkeit.

Als die Helfer Sir David vorsichtig losließen, versuchte er, selbstständig zu stehen. Eines seiner Beine hatte jedoch keine Standfestigkeit und knickte kraftlos weg. Er kam ins Schwanken und musste sich an dem Geländer, dass das Dirigentenpult umgab, festhalten. Alle hielten den Atem an.

Mit zitternden Beinen versuchte er einen Stand zu finden; ich fragte mich voller Sorge, wie das weiter gehen sollte. Doch Sir David griff unverzagt, wenn auch etwas unkoordiniert nach dem Dirigentenstab, der vor ihm auf der aufgeschlagenen Partitur lag.

Immer noch zittrig, hob er langsam beide Arme,

gab dann mit dem Stab das Zeichen zum Einsatz und die Musiker fingen an zu spielen.

Sie sind Profis, dachte ich dankbar, sie würden es auch ohne Sir David schaffen.

Aber Sir David Willcocks hatte angefangen zu dirigieren, das bedeutete im Moment allerdings noch, dass er mit seinen Armen ruderte und sein Oberkörper sich mit den Armen abwechselnd streckte und wieder in sich zusammenfiel. Die Beine immer noch unsicher, die Gesten fahrig, weit ausholend - so versuchte er, sich in das Dirigieren hinein zu schaffen.

Dieses Gefuchtel - ich konnte gar nicht hin-schauen, so sehr kam es mir wie ein peinliches Affentheater vor.

Das Orchester jedoch spielte gelassen und unbeeindruckt, ihren Mienen nach zu urteilen, war alles in Ordnung.

Da - ein Einsatz der Pauken, Sir Davids Handzeichen war deutlich und exakt gewesen. Jetzt spielten die Celli eine melodiöse Passage, die von den Bratschen übernommen wurde, Sir David leitete und formte ihr Zusammenspiel, das war deutlich zu beobachten.

Allmählich wurden seine Armbewegungen ruhiger und zielgerichteter, erstaunlicherweise fanden nun auch seine Beine selbstständigen festen Halt.

In den nächsten zwei Stunden dirigierte er hoch konzentriert und souverän den großen Chor mit dem Orchester und den Solisten durch dieses herrliche Werk Händels.

In dem eleganten weißen Jackett und seinem weißen Haarschopf bot er ein würdiges und beeindruckendes Bild.

Ich musste daran denken, dass damals, 1741/42 nach den ersten Messias-Aufführungen, die Menschen so begeistert waren, dass in der Folge an den verschiedensten Orten in England "Messias-Chorvereinigungen" entstanden, Vereine in denen ausschließlich Händels Messias geprobt und musiziert wurde. Vereinigungen dieser Art bestehen bis zum heutigen Tag und aus ihnen ging auch das "Messiah from Scratch" Singen hervor, an dem wir gerade teilnahmen.

Faszinierend an Händel war für mich immer wieder die erstaunliche Klarheit seiner Kompositionen. Händel kann mit einer simpel erscheinenden Melodie viel aussagen. Seine

Kompositionen sind gleichzeitig populär und niveauvoll.

Traditionsgemäß wird der bekannte Hallelujah-Chor am Ende des zweiten Teils von einem Laiendirigenten geleitet. In diesem Part werden die Motive der einzelnen Verszeilen – unterbrochen von Hallelujah-Akklamationen des Chors - motettenartig durchgeführt.

Wegen der vielen Interessenten wird das Dirigat an den Meistbietenden versteigert und der Erlös einem wohltätigen Zweck zugeführt.

In diesem Jahr war einer der Aspiranten für das Dirigat selber Auktionator des berühmten Auktionshauses Sothebys. Er wurde dann auch einer der beiden Bewerber, die gegen Ende der Versteigerung übrig geblieben waren und sich nun ein Duell lieferten.

Der hammerschwingende Versteigerer erhöhte die Summe in Hundert-Pfund-Schritten: "Achttausendeinhundert Pfund, zum Ersten, zum Zweiten, zum Dri...."

Der Mann von Sothebys, Mr. Eric Charlington, hob schnell die Hand: "Achttausendzweihundert!" Er hatte sich einen Platz ganz vorn in den ersten Reihen gesucht und zu Beginn vor Siegesgewissheit und Vorfreude gestrahlt. Doch dann hatten sich Zweifel in seine Gesichtszüge geschlichen, denn sein Konkurrent - er konnte ihn nicht sehen, seine Stimme schien von weit oben aus dem fünften Rang zu kommen - überbot ihn immer wieder prompt und bald würde er, Charlington, sein Limit erreicht haben.

"Achttausendachthundert - zum Ersten, zum Zweiten, zum ...!", rief der Auktionator mit erhobenem Hammer, da tönte es wieder von oben: "Achttausendneunhundert!"

Charlington zuckte zusammen - verdammt, es sollte nicht sein, dabei hatte er seit Monaten auf diesen Moment hin gelebt, in seiner Vorfreude sich alles immer wieder ausgemalt, sich bis ins Detail vorbereitet und im Geiste dabei die herrliche Musik gehört, die unter **seiner** Stabführung erklingen würde, doch jetzt würde wohl nichts davon Wirklichkeit werden.

Oder sollte er sein selbst gewähltes Limit überschreiten? Man lebt schließlich nur einmal und wer weiß, was im nächsten Jahr sein würde!?

Aber nein - nur Dummköpfe ließen sich von spontanen Stimmungen zu unüberlegten

Handlungen hinreißen, und wenn die Finanzen nicht stimmten, würde das sichere Fundament seines geordneten Lebens ins Wanken kommen. Nein, das stand nicht zur Debatte!

Aber er fühlte tiefe Resignation und Enttäuschung in sich aufsteigen; zwar rief er noch einmal laut und deutlich "Neuntausend!", aber bei Neuntausendeinhundert schwieg er und presste traurig die Lippen zusammen.

Also bekam der Konkurrent von oben den Zuschlag und das Auditorium jubelte und klatschte. Der Auktionator gab noch einmal den Namen der wohltätigen Institution bekannt, der die Summe zur Verfügung gestellt werden würde.

Es war ein Kinderheim und das fand Charlington sehr passend, denn auch die Erstaufführung dieses Werkes in Dublin war ein Benefizkonzert gewesen und ein Drittel des Erlöses war einem Kinderhospital zugutegekommen.

Der Auktionator bat nun den Sieger, herunterzukommen und sein Dirigat zu übernehmen.

Die Konzertbesucher, die Chorsänger und die Orchestermusiker warteten geduldig, denn natürlich dauert es eine Weile, bis man den Weg vom fünften Rang hinunter bis zur Bühne zurückgelegt hat.

Aber als sich nach mehreren Minuten immer noch nichts rührte, wurden die Menschen unruhig und fingen an, sich erst leise und dann lauter zu unterhalten.

Alle beteiligten Musiker bedauerten dies, denn die Aufführung war noch nicht zu Ende und es war schade, aus der festlichen und andachtsvollen Atmosphäre des Werkes herausgerissen zu werden.

Da - endlich öffnete sich eine der schweren Seitentüren des Parkettsaales. Aber es war ein Saaldiener in der rotgoldenen Mantellivrée, der mit einem Blatt Papier in der Hand zur Bühne strebte.

Er übergab den Zettel dem erstaunten Auktionator, der las ihn, schüttelte überrascht den Kopf und griff nach dem Mikrophon.

"I was asked to read this for you", begann er:

'Dear musicians, after careful reflection, I have decided to defer conducting the Halleluiah to the gentleman who was bidding for his privilege up until the very end of the auction!' "

Nach einem Moment der Überraschung brach Jubel aus und alle klatschten begeistert. Charlington glaubte erst, sich verhört zu haben, aber es war Wirklichkeit - der Auktionator kam auf ihn zu, um ihm zu gratulieren und ihn auf die Bühne zu holen!

Im Augenblick fühlte er sich von frischer Energie durchströmt, er zog den Dirigentenstab, den er schon griffbereit vorn in seine Weste gesteckt hatte, heraus, sprang wie ein junger Mann auf das Dirigentenpult und war sofort auf die Sache konzentriert. So gründlich hatte er sich auf diesen Augenblick vorbereitet, dass er ohne Weiteres in der Lage war, auswendig zu dirigieren.

Die wunderbare Wendung der Dinge entzückte das Publikum und beflügelte Sänger und Instrumentalisten gleichermaßen, sodass das Ende des zweiten Teils des Oratoriums für alle zu einem Hochgenuss wurde. Alle Menschen im Saal fühlten den Jubel in der Musik. Und die Musik hob die Worte auf eine höhere Ebene.

Nach dem lang andauernden Schlussapplaus ergriff Sir David Willcocks noch einmal das Wort: er erinnerte daran, dass er im nächsten Jahr 90 Jahre alt werden würde und vorhatte, das ganze Jahr 2010 zu feiern. Die Engländer haben im Gegensatz zu den Deutschen keine Skrupel, einen Geburtstag vorzufeiern. Sir Willcocks' Geburtstag würde im Dezember des nächsten

Jahres sein, aber er lud alle Anwesenden schon jetzt für eine Riesen-Geburtstagsparty im Mai in die Royal Albert Hall ein.

Auf der Heimfahrt sprachen meine Kinder und ich noch einmal über die Höhepunkte dieses Tages, und als wir zu dem großherzigen Angebot des Gentlemans aus dem 5. Rang kamen, seufzte mein Sohn vor Entzücken auf -
"Very british, isn't it?"

Der *Messias* ist Händels populärstes Oratorium. Händel fühlte sich vor allem als Opernkomponist und hat sich erst spät dem Oratorium zugewandt. Wie Telemann und Bach hatte er eine sehr schnelle Arbeitsweise. Der Textdichter Jennen passte vielen Zeitgenossen nicht – *ein von seinem Reichtum zerrütteter eitler Fatzke* – so wurde er von Zeitgenossen karikiert, Händel selber hatte solche Vorbehalte nicht. Er bat ihn nach Vollendung des Werkes um Kritik, arbeitete weiter mit ihm zusammen und bedachte ihn sogar in seinem Testament.
Die Auswahl der Bibelstellen empfand er als so animierend, dass er, ohne Unterbrechung

arbeitend, das Werk in drei Wochen fertig stellte.

Die Erstaufführung fand in Dublin am 13. April 1741 in einer Auktionshalle statt. Oratorien wurden damals im Theater aufgeführt, aber wegen der Karwoche waren die Theater geschlossen. Der Erlös sollte den Gefangenen eines Dubliner Gefängnisses sowie einem Kinderhospital und einer allgemeinen Klinik zugute kommen.

In der Ankündigung des Konzertes in der Zeitung las man die Bitte, *dass die Damen, welche die Aufführung mit ihrer Anwesenheit beehren, gütigerweise ohne Reifröcke erscheinen möchten, was das Liebeswerk mächtig fördern würde, da auf diese Weise mehr Platz im Saal geschaffen werden könnte.*

Aus dem gleichen Grund wurden die Herren gebeten, ihre Degen abzulegen. Mit 700 Zuhörern war die Halle übervoll, viele Besucher mussten abgewiesen werden. Der Erlös von 400 Pfund wurde unter die drei Stiftungen aufgeteilt.

Die Besprechung im Journal spiegelte die Ergriffenheit der Zuhörer wider: „*Die besten Kunstrichter gaben zu, dass es sich um das vollendetste Werk der Musik handle, Worte fehlen, um den erlesenen Genuss zu beschreiben, den das Werk der dicht gedrängten Zuhörerschaft machte."*

Die Altistin war eine bekannte Opernsängerin, deren Interpretation der Arie „He was despised" so ergreifend war, dass ein Reverend aufsprang und ausrief: „Weib, möge Dir für dieses alle deine Sünden vergeben sein!" Undenkbar in der heutigen Zeit!

Als in London zum ersten Mal das große Hallelujah nach der Darstellung der Auferstehung Christi im „Messias" erklang, stand die ganze Zuhörerschaft mit dem englischen König auf, und bis heute ist es Sitte in England, diese einzigartige Stelle stehend zu erleben.

Der *Messias* wurde unter Händels Leitung nur zu wohltätigen Zwecken aufgeführt, ein weiteres Indiz für die Sonderstellung, die Händel dem Werk beimaß.

Es sollte eben nicht nur unterhalten: Einem Lord, der sich bei dem Komponisten für die großartige Unterhaltung bedankte, antwortete er, „es täte mir leid, wenn ich ihn nur unterhalten hätte, ich habe ihn zu bessern gewünscht!"

Der *Messias,* das „Sacred Oratio" wie es genannt wurde, war das letzte Musikstück, das Händel, acht Tage vor seinem Tod, damals schon erblindet, hörte!

Bratschenreparatur

Beim Geigenbauer

Mit ihrem Instrument im Arm betrat die hübsche junge Bratschistin Gesa den Probenraum des Nordenstedter Opernorchesters, suchte ihren Platz auf und begann sich einzuspielen.

Diese Probe war die letzte der Spielzeit; sie fühlte sich erschöpft von den hinter ihr liegenden Arbeitswochen und freute sich auf die fünf Wochen Ferien, die morgen beginnen würden.

Ihre Gedanken wanderten zum morgigen Tag, an dem sie zu ihrem Freund nach Berlin fahren wollte!

Mit halbem Ohr hörte sie, wie der Dirigent mit den Kontrabassisten herumalberte.

„Treffen sich zwei Kontrabassisten ein paar Monate nach ihrer Pensionierung.
Erzählt der eine: „Ich war in der Oper!" – „Dass du dir das antust! Was hat es denn gegeben?"
„Carmen. Hast du gewusst, dass da, wo wir unser tolles Solo haben, du weißt schon: SCHRUMM-schrumm-SCHRUMM-schrumm, die anderen eine ganz nette Melodie spielen?" – und er trällert den Toreromarsch."

Fröhliches Gelächter schallte durch den Raum.

Einer der Musiker hatte eben sein großes Instrument aus dem Kasten genommen und ließ es wie eine Freundin in seiner Armbeuge lehnen, während eine Hand den Bogen am unteren Ende fasste und er mit der anderen Hand an der Schraube drehte, um die Bogenhaare zu spannen.

Eine Fliege schwirrte um ihn herum, er wollte sie in gewohnter Weise abwehren, dabei drohte ihm sein Kontrabass zu entgleiten, schnell griff er nach ihm und da passierte es – der Bogen flog ihm aus der Hand und wie ein Pfeil nach vorn, geradewegs auf Gesas Bratsche zu.

Diese sah den Bogen kommen, konnte sich aber nicht schnell genug aus der Schusslinie bringen. Ihre Bratsche wurde getroffen, rutschte ihr aus der Hand und landete mit Getöse und Geklapper auf dem Fußboden.

Erschrocken besah sie sich den Schaden, schnell umringt von Kollegen: auf den ersten Blick schien nicht viel passiert zu sein.

Der Saitenhalter war verrutscht, aber das war harmlos und sie würde es selbst richten können. Schlimmer war, dass von der Rundung des Bodens Holz abgesplittert war und hinter den Schrammen, die der Sturz dem Holz beigebracht hatte, feine Risse zu befürchten waren!

„Oh je, oh je, das tut mir soo leid!!! Aber meine Versicherung wird den Schaden übernehmen, das muss sie!" Der Kollege, dessen Bogen den Schaden verursacht hatte, stand hinter ihr und wiederholte seine Worte immer wieder.

Auch die anderen Mitglieder der Bratschengruppe versuchten den Schaden zu beurteilen und alle kamen zu der gleichen Einschätzung wie Gesa.

Sie seufzte – so etwas passierte natürlich immer dann, wenn man es ganz und gar nicht gebrauchen konnte. Also würde morgen Vormittag ihr Weg sie erst einmal zum Geigenbauer Markert in die Oldenburger Landstraße führen. Erst Mittags würde sie nach Berlin fahren können. Aber Hauptsache, ihre geliebte Viola würde wieder ganz herzustellen sein!

Wie die meisten Berufsmusiker war auch Gesa von der Klangschönheit und Qualität „ihres" Instrumentes überzeugt! Damals vor ihrem Examen, als sie nach einem eigenen Instrument für ihr Berufsleben als Orchestermusikerin gesucht hatte, lebte ihr Vater noch. Beide Eltern, die sehr stolz auf ihre musikalisch erfolgreiche Tochter waren, hatten ihr einen großen Anteil der Summe, die zum Kauf erforderlich war, geschenkt.

Sie hoffte wirklich, dass der Geigenbauer ihrem Instrument wieder zu seiner alten Klangqualität verhelfen könnte – sie wollte kein anderes.

Inzwischen hatte die Probe begonnen und sie bettete ihre lädierte Bratsche traurig in den Instrumentenkoffer. Der Orchesterwart hatte für sie schon das Ersatzinstrument des Opernhauses geholt und reichte es ihr.

Der Besuch beim Geigenbauer am nächsten Morgen verlief wie erwartet. Gesa kannte Herrn Markert schon seit Kindertagen und vertraute ihm.

„Guten Morgen, Gesa, lange nicht gesehen! Na, lassen Sie mich den Schaden mal angucken! Man glaubt ja nicht, was bei einer harmlosen Orchesterprobe für Unfälle mit den Instrumenten passieren können!"

Er nahm die Bratsche behutsam aus dem Kasten und musterte sie langsam und genau von allen Seiten.

„Oh, oh, oh, das sieht aber nicht gut aus! Gar nicht gut! Da hat das arme Ding aber ganz schön was abgekriegt! Solche Schrammen auf der wunderschönen Holzzeichnung des Bodens! Haben Sie das abgesplitterte Holzteil? Gut. Es wird sehr schwer sein, das wieder anständig hin zu kriegen! Ein gewaltiges Stück Arbeit! Ich kann nichts versprechen, aber ich will es selbstverständlich versuchen.

Sie wissen ja, das Wichtigste ist, dass keine Risse im Korpus entstanden sind. Ich werde den Saitenhalter neu aufstellen und dann vorsichtig eine Spielprobe machen."

„Oh Herr Markert, ich wünsche mir so sehr, dass Sie die Sache wieder in Ordnung bringen können! Ich will kein neues Instrument! - Bitte versuchen Sie meine Bratsche wieder so herzurichten, dass sie wie früher klingt!"

„Ich will mein Möglichstes versuchen. Na dann - ich lasse von mir hören!"

Gesa wusste, dass er sehr gute Arbeit an ihrem Instrument leisten würde und lief leichtfüßig die Steintreppe vor seinem Haus zur Straße hinunter, um zum Bahnhof zu eilen – endlich Ferien!

Vier Wochen später – braun gebrannt und gut erholt nach einem traumhaften Griechenlandurlaub mit ihrem Freund – lief Gesa dieselbe Steintreppe wieder hinauf, um ihre geliebte Bratsche abzuholen. Beim Probespielen zeigte sie sich unbeschadet und in alter Frische mit sonoren tiefen Tönen und weicher melancholischer Klangfülle in den Höhen.

Herr Markert hatte annähernd alle Schrammen beseitigen können und dabei den ganzen Boden neu lackiert.

„Gesa, Sie wissen bestimmt selbst wie ungeheuer wichtig der Trockenprozess des Lackes für den Klang des Instrumentes ist. Im Moment scheint es so als er wäre er abgeschlossen, aber er ist es noch nicht. Ich weiß, dass Sie Ihr Instrument zum Einspielen für die neue Spielzeit brauchen, deshalb gebe ich es Ihnen mit, aber der Boden muss unbedingt noch belüftet werden; ich rate Ihnen, es zu Hause auf die Seitenteile gestellt zu lagern, damit es weiter gut trocknen kann!" warnte er sie eindringlich.

„Kein Problem. Ich stelle die Bratsche, so wie Sie vorgeschlagen haben, auf mein Klavier. Da passiert nichts. So kann ich mich jetzt schon an der wunderschönen Holzmaserung freuen, die durch die neue Lackierung erst richtig 'rauskommt!"

Doch Gesas Mutter, die in der Nähe von Nordenstedt lebte, war in ihrem Haus gestürzt und brauchte dringend ihre Hilfe. Gesa liebte ihre Mutter und war gern für sie da. Aber die langen Fahrten mit den Nahverkehrszügen und mehrere Arztbesuche, bis ihre Mutter zufriedenstellend versorgt war, kosteten sie in den nächsten Tagen viel Zeit.

Noch dazu kam es bei den Telefonaten mit ihrem Freund Tobias zu Streitereien mit anschließender Versöhnung. Wegen all dieser Umstände hatte sie nicht die Muße, die Bratsche vor der ersten Probe der neuen Spielzeit auch nur einmal auszupacken.

Kurz vor Beginn dieser Probe im Stimmzimmer wollte sie ihr Instrument wie gewohnt aus dem Kasten nehmen. Sie sah, dass es nicht wie üblich in sein Seidentuch eingewickelt war, sondern gewissermaßen nackt auf dem grünen Filz lag, mit dem der Kasten ausgeschlagen war.

So wie Herr Markert sie - zusammen mit seinen Erklärungen bezüglich des Trocknens - ihr eingepackt hatte!

Oh nein! Ihr wurde ganz heiß vor Schreck! Wie hatte sie das nur vergessen können?

Sie fasste das Instrument so behutsam an seinem Hals, als wolle sie sich bei ihm nachträglich für die wenig pflegliche Behandlung entschuldigen, aber die Bratsche ließ sich nicht hochnehmen, geschweige denn bewegen.

Sie versuchte es energischer, schließlich war der Boden des Instrumentes in Herrn Markerts Werkstatt doch schon so gut wie trocken gewesen! Es konnte doch nicht sein, dass das blöde Ding festklebte!

Sie riss und zog, jetzt nicht mehr liebevoll!

Die anderen Kollegen im Stimmzimmer eilten an ihr vorbei in den Saal, gleich würde die Probe beginnen. Fünf Minuten Verspätung kosteten bereits eine Konventionalstrafe und ihr Konto war nach dem Urlaub einfach leer.

Ein letzter wütender Ruck, rrrratsch machte es und sie hatte die Bratsche in der Hand. „Ein Glück!" murmelte sie dankbar und lief mit ihrem Instrument in den Probenraum. Gerade noch rechtzeitig! Aufatmend setzte sie sich auf ihren Platz und konzentrierte sich aufs Spielen.

Die Viola klang ungewohnt dumpf und sie nahm sich etwas verärgert vor, doch noch mal zu Herrn Markert zu gehen.

Im Fortgang der Probe bemerkte sie, dass die Kollegen um sie herum immer wieder belustigt zu ihr guckten und ihr zuzwinkerten.

Gesa war verwundert und wusste nicht, wie sie das verstehen sollte, aber als sie in der Pause ihre Bratsche absetzte, kam sie nicht umhin, den Grund zu bemerken – ihr Instrument hatte jetzt einen grünen Boden aus Filz!

Ungläubig sah Gesa sich die Bescherung an, dann begannen ihre Schultern zu beben und sie fing an zu lachen.

Alle Anspannung der letzten Tage löste sich in diesem fröhlichen Gelächter, das sich in Windeseile im Orchester ausbreitete.

Konrad in Berlin

Orchesterkonzert auf dem Berliner
Gendarmenmarkt

Jedes Jahr, kurz vor Ende der Spielzeit, fuhr die Norddeutsche Philharmonie Nordenstedt nach Berlin zu ihrem jährlichen Gastspiel auf dem Berliner Gendarmenmarkt.

Haupt- und Generalprobe fanden am Aufführungsort statt, denn das Orchester würde ein Konzert mit der weltberühmten Sängerin Anita Ortega geben. Die spanische Sopranistin wollte einige ihrer berühmten Glanzstücke aus italienischen Opern singen und die Nordenstedter Philharmonie hatte die ehrenvolle Aufgabe bekommen, sie zu begleiten.

Für die Orchestermusiker hatte das Theater eine Übernachtung im Hotel gebucht.

Der Schlagzeuger Konrad galt als notorischer Frauenheld. Er hatte derzeit keine feste Freundin, ein bei ihm seltener Interimszustand. Für die Zeit in Berlin hoffte er auf die Begegnung mit einer knackigen jungen Frau.

Er stellte sich vor, dass dieses - für ihn selbstverständlich erfolgreich verlaufende Treffen - abends in der Hotelbar stattfinden würde. Er malte sich seine Eroberung in allen Einzelheiten aus und das weckte in ihm den Wunsch, sich einen neuen Anzug zu kaufen. Ein besonderer

Anzug sollte es sein, möglichst nicht aus den üblichen Stoffen wie Kammgarn und Baumwolle-Wollemix.

Mit Hilfe eines findigen Verkäufers entschied Konrad sich schließlich für einen Anzug aus hochwertigem Kaschmirmaterial in einem blaugrauen Farbton.

Auf der Fahrt nach Berlin drängte es ihn, den Kollegen zu berichten:

„Muss mir heute Abend im Hotel mal wieder was Junges, Knackiges anlachen! Es geht doch nichts über eine freche, süße Berliner Göre! Ist doch was anderes als die Nordenstedter Provinzbracken, die sind ja so döselig! Hab´mir extra ein neues Outfit für die Gelegenheit besorgt - reines Kaschmir, nicht gerade billig kann ich euch flüstern!"

Die Kollegen amüsierten sich mehr oder weniger offen über Konrads Pläne. Keiner von ihnen erwartete Abenteuer in dem Hotel, das wahrscheinlich von billigem Schick sein würde und sie hatten andere Sorgen, als sich für den Aufenthalt in der vermutlich tristen Hotelbar neue Kleidung anzuschaffen, schon gar nicht aus so einem kostspieligen Material wie Kaschmir!

Ihrer Meinung nach wäre es schon ungewöhnlich, wenn dort überhaupt attraktive Frauen auftauchen würden, und besonderes Glück würde das Erscheinen von solchen jungen Hübschen sein, nach denen es Konrad gelüstete.

Die Hauptprobe mit Anita Ortega hatte die Orchestermusiker so begeistert, dass sie ihr spontanen Applaus spendeten: die Streicher klopften mit ihren Bögen auf die Notenpulte, der Rest des Orchesters scharrte und trampelte mit den Füßen. Dabei kommt es unter Berufsmusikern nicht oft vor, dass das Orchester dem Solisten Beifall spendet. Aber der kristallklare und lupenreine Sopran von Frau Ortega zusammen mit ihrer hohen Musikalität und Professionalität hatte in den Musikern eine Begeisterung am Musizieren geweckt, die bei der täglichen Fron der Proben oft in den Hintergrund geriet.

Frau Ortegas Gesang ließ die Zuhörer sowohl ihre Leibesfülle vergessen ebenso wie die Tatsache, dass sie schon weit in den Sechzigern war – allein die großartige Künstlerin und beeindruckende menschliche Persönlichkeit trat strahlend und leuchtend für alle hervor.

Aber das Wetter machte diesem Konzert auf dem Berliner Gendarmenmarkt, das in den vergangenen Jahren zu den Saisonhöhepunkten der Nordenstedter Orchesterkonzerte gehört hatte, einen Strich durch Rechnung.

Nach dem Auftritt von Anita Ortega in der Hauptprobe gab es ein Gewitter mit heftigem Platzregen und einem Temperatursturz, der die Sopranistin laut Vertrag berechtigen würde, abzusagen. Der Veranstalter zeigt sich besorgt. Dirigent und Orchestervorstand diskutierten vorsichtshalber schon einmal ein eventuelles Ersatzprogramm ohne die weltberühmte Solistin.

Da Freilichtkonzerte immer eine besonders sorgfältige Ausbalancierung der Klang-verhältnisse erfordern, müssen die letzten Proben am Ort des Konzertes stattfinden. Für die Musiker auf der Bühne gab es eine Überdachung, aber leider übertönte gerade jetzt das Rauschen des Regens den Klang des Orchesters.

Fagottist Landau, der erste Mann im Orchestervorstand, hielt kurze Rücksprache mit Orchesterinspektor Hannig und wendete sich dann an den Dirigenten: „Der Regen ist im Moment so stark, dass er schon auf unsere Instrumente spritzt! Die Feuchtigkeit wird den

Instrumenten zusetzen; ich denke, wir sollten die Probe abbrechen, Sie wissen ja, dass die Versicherungen solche Schäden sonst nicht übernehmen!"

Von den Kollegen kam zustimmendes Gemurmel, und nachdem der Dirigent den Probenbeginn der Generalprobe am nächsten Morgen bekannt gegeben hatte, wurden die kostbaren Instrumente eilig in ihre Instrumentenkoffer gepackt.

Im Hotel wärmten sich viele der Musiker erst einmal unter einer heißen Dusche oder in der Badewanne auf, bevor sie sich im hoteleigenen Restaurant trafen, um zu Abend zu essen.

Die beiden Bratschisten Matthias und Roman waren die ersten im Speiseraum. Sie bestellten Schweinshaxe mit Knödeln und Rotkohl für ihren gewaltigen Hunger. Roman nahm einen kräftigen Schluck von seinem Pils.

„Möchte wirklich mal wissen, ob das Sauwetter bleibt!"

„Hoffentlich nicht!" antwortete Matthias, „die Ortega ist Spitzenklasse - und es ist schon so oft passiert, dass immer, wenn wir mal mit wirklich guten Leuten zusammen auftreten können, etwas dazwischen kommt! Weißt du noch, wie es war, als Bernhard Silberstein dirigieren sollte? Die ganzen Monate hatte ich mich gefreut – endlich mal ein Dirigent, der was kann und dann hat es doch wieder nicht geklappt! Mist!"

Obwohl die anderen Kollegen am Tisch sich gleichmütig gaben, hätten auch sie gern diese Aufwertung gehabt, die die Zusammenarbeit mit sehr berühmten Leuten mit sich bringt.

Konrad hatte sich zum Abendessen tatsächlich in Schale, sprich in seinen neuen Kaschmiranzug geworfen, der ihm noch etwas unvertraut am Körper hing.

War es der Frust über das schlechte Wetter, die Aufregung vor der geplanten Anmache oder wollte er sich Mut antrinken - bei der Diskussion über das morgige Konzert schüttete Konrad ein Bier nach dem anderen in sich hinein, sodass er schon bald nicht mehr sicher auf den Beinen stehen konnte.

Die Gruppe beschloss, in die Hotelbar zu wechseln. Die Kollegen, mit denen Konrad an einem Tisch hinten in der Bar gelandet war, verlangte es nach dem schweren Essen nach stärkeren Getränken als Bier und so trank jeder erst einmal einen Schnaps. Eine Runde gesellte sich zur nächsten und das hatte auf Konrad die Wirkung, dass zu seinem mangelnden

Gleichgewicht auch noch seine Sprache mit jeder Runde verwaschener klang.

„De Ordega is escht ‚n Schpitze Wb!" , tönte er und fügte hinzu: „Wetten, morgen bleibt es trocken!" Aber was heraus kam, klang wie: „Wttn mgn blbt s schischer trckn!"

Was keiner für möglich gehalten hatte, geschah: zwei hübsche junge Frauen betraten den Raum, setzten sich an die Bar und bestellten zwei Aperol Spritz.

Sofort wurde Konrad quicklebendig, er stand auf und wollte sich den beiden jungen Frauen nähern. Von der straffen Haltung, die man normalerweise an ihm kannte, war allerdings nicht viel übrig geblieben. Seine Trunkenheit bewirkte, dass er sich zunächst übertrieben gerade hielt, dann aber einknickte und schließlich mit weichen Knien zur Theke wankte. Sein hochwertiger Anzug schlug Ziehharmonikafalten in Höhe der Kniekehlen.

An der Theke angekommen, wollte er einen Arm lässig abstützen, um sich dann nonchalant lächelnd den jungen Frauen zu zuwenden.

„Sitzt hier schon jemand oder ist heute mein Glückstag?", wollte Konrad wohl sagen, aber es klang eher wie: „Schtzt hier schn jmnd oder ischt heut mn Glckstg?"

Leider hatte er in der Aufregung die jungen Damen von hinten angesprochen, so dass sie seinen Alkoholatem vermischt mit seinem Eau de Cologne eher riechen konnten, als dass sie ihn sahen. Sie drehten sich erstaunt um, aber Konrad hatte seinen Fehler bemerkt und war, so schnell es ihm sein Zustand erlaubte, um sie herumgewieselt und zeigte auf den freien Platz neben ihnen.

„Also? Wie sieht 's aus? Kann ich mich zu euch zwei Hübschen setzen?" nuschelte er und versuchte einen treuherzigen Augenaufschlag. Er wartete eine Antwort nicht ab und versuchte, auf den Barhocker zu gelangen, aber das schaffte er heute Abend nicht mehr - er rutschte ab und fiel unsanft zu Boden.

Seine schmerzhafte Landung auf der Hüfte ließ ihn einen Moment lang hilflos die Beine in die Luft strecken. Seine Kollegen, die das Manöver beobachtet hatten und nicht ohne Schadenfreude waren, kamen, halfen ihm aufzustehen und brachten ihn auf sein Zimmer.

Diese Geschichte von Konrads Kaschmiranzug und der missglückten Anmache würde noch lange die Runde im Orchester machen und für Heiterkeit sorgen.

Der Auftritt von Anita Ortega am nächsten Morgen wurde wegen des kalten Wetters abgesagt. Aber ihr Ersatz, ein Newcomer- Pianist spielte das Schumann-Klavierkonzert in a-moll wie ein junger Gott und musizierte wunderschön mit dem Orchester in harmonischem Wechselgesang.
Es war zwar unsommerlich kühl, aber es regnete nicht.
So war das Konzert zwar nicht ein so glanzvolles Ereignis wie erhofft, aber es wurde doch gute Musik gemacht und die Orchestermitglieder stiegen nach ihrem Auftritt in die Busse und fuhren besänftigt zurück nach Nordenstedt.

Der Diensteinteiler

Giacomo Puccini: „La Bohème"

Der Posaunist Wolfgang Ritter erstellte nicht nur die Dienstpläne für seine Orchesterkollegen, er war auch verantwortlich für den Einsatz der Aushilfen. Als Aushilfen kamen Kollegen aus den benachbarten Orchestern oder Studenten der Musikhochschule in Frage. Die Honorare wurden in den Neunziger Jahren noch von ihm selbst in bar ausgezahlt.

Das Nordenstedter Theater honorierte die Aushilfstätigkeiten der Orchesterstudenten sehr gut. Gleichzeitig war diese Möglichkeit bei den Aufführungen mitzuspielen die denkbar beste Vorbereitung auf die Berufspraxis der Orchestermusiker. Als Folge wurde Herr Ritter von den ihm bekannten Studenten geradezu umschwärmt.

Damals verfügten noch nicht alle jungen Menschen über ein eigenes Handy und so schärften die Studenten ihren Eltern ein, sie bei einem Anruf von Herrn Ritter schnell zu informieren und ihn unbedingt freundlich zu behandeln.

Matthias' Mutter Gisela kam von ihrem Einkauf nach Hause und trug die vollen Einkaufstaschen aus dem Auto in die Wohnung. An diesem

Wochenende würde ihr Sohn, der in Bremen Bratsche studierte, zu ihr nach Hause kommen.

Jedes Mal wenn er kam, kaufte sie so reichlich ein, dass die Kühlschranktür kaum zuging und wenn er dann am Sonntagabend wieder an seinen Studienort fuhr, war der Kühlschrank fast leer. Es erstaunte sie immer wieder auf Neue, was ein junger Mann innerhalb kürzester Zeit vertilgen konnte! Als sie jetzt die Wohnungstür öffnete, hörte sie Matthias telefonieren.

Wie schön - er war schon da, dann würden sie zusammen zu Abend essen können!

„Ja, Herr Ritter! Ja natürlich, Herr Ritter, aber das versteh' ich doch, Herr Ritter!"

Gisela musste lächeln, denn wenn Matthias so beflissen und überhöflich sprach, handelte es sich stets um Herrn Ritter. Sie räumte die Lebensmittel in den Kühlschrank und die Speisekammer.

„Ja, das seh' ich auch so, Herr Ritter! Aber vielleicht brauchen Sie ja bei der nächsten Aufführung der Bohème, die an einem Wochenende stattfindet, doch noch einen Bratschisten. Ich komme auf jeden Fall sehr gern. Bitte denken Sie an mich!"

Matthias hatte das Gespräch beendet und war zu seiner Mutter in die Küche gekommen: „Oh oh, da hab ich mal wieder rumgeschleimt! Sülz, sülz! Furchtbar! Hoffentlich dauert es nicht solange bis ich nach dem Examen eine feste Stelle kriege, eine solche Situation ist ja nicht auszuhalten!"

Wolfgang Ritter war ein kleiner Mann von kräftiger Statur. Er trug einen kugelrunden Bauch vor sich her und hatte eine Halbglatze. Die grauen Haare des ihm verbliebenen Haarkranzes hatte er hinten zu einem dünnen Zöpfchen zusammen geflochten. Seine bevorzugte Kleidung waren hellblaue Jeansanzüge mit Hemden, die über den Hosenbund hingen.
Natürlich gefiel es ihm, von Menschen umgeben zu sein, die sich gut mit ihm stellen wollten, weil sie darauf hofften, dass er ihnen dann bei ihren Wünschen entgegenkam.
Aber trotz seiner freundlichen und gelassenen Wesensart ließ er sich bei der Abfassung der Dienstpläne nicht manipulieren - weder von Extrawünschen seiner Kollegen noch von den Studenten mit ihrem Drängen nach möglichst vielen Engagements.

Aus diesem Grund war er im Orchester ein geachteter Kollege. Seine Fähigkeiten auf der Posaune waren nicht mehr die überzeugendsten, aber er war ein guter Lehrer. Auch an der Musikschule, an der er unterrichtete, genoss er großen Respekt.

Ein paar Tage später rief Herr Ritter tatsächlich bei Gisela an. Schnell hatte sie Matthias über seine Vermieter in Bremen verständigt, so dass er ihn zurückrufen konnte.

Inzwischen wusste sie, dass er das ersehnte Engagement in der Puccini-Oper bekommen hatte!

Matthias war glücklich, ihn freute besonders das zu erwartende Honorar! Auch Gisela war glücklich, weil sie ihren Sohn am Wochenende würde umsorgen können.

Matthias sollte seinen Dienst am Samstag um 18.00 Uhr antreten.

Obwohl es bis zum Theater nur zehn Minuten Fußweg waren, machte er sich fröhlich pfeifend schon vor halb sechs auf den Weg.

Vielleicht würde sich ein Schwätzchen mit Kollegen vor dem Theater oder im Stimmzimmer ergeben.

Herr Ritter hatte ihm die Noten zukommen lassen und er fühlte sich gut vorbereitet.

So früh war vor dem Bühneneingang leider noch niemand zu sehen.

Er ging hinein; der Pförtner in seiner Loge nickte ihm grüßend zu. Der Weg zum Stimmzimmer der Streicher führte Matthias durch einen schmalen langen Gang. Plötzlich wurde er am Ärmel gepackt und in einen kleinen Raum hineingezerrt.

„Matthias, was machen Sie denn hier?" fragte ihn erschrocken Herr Ritter, der ihn am Ärmel festhielt und mit der anderen Hand schnell die Tür schloss.

Matthias, fast 1.80 m groß, blickte auf den aufgeregten Herrn Ritter hinunter und musste unwillkürlich lachen.

„Aber ich bin doch heute Abend als Aushilfe engagiert – wir haben doch vorgestern telefoniert!"

„Du liebe Güte! Ja, Sie …, das haben wir, das haben wir – Sie haben recht!"

Er keuchte unglücklich. „Aber das Schlimme ist, ich habe mich vertan! Mein Fehler! Hier nehmen Sie, bitte! Verschwinden Sie ganz schnell, ehe die Kollegen Wind von der Sache kriegen!"

Er drückte dem verdutzten Matthias ein Bündel zusammengerollter Geldscheine in die Hand und schob ihn eilig durch die Tür hinaus Richtung Ausgang.

„Bitte, bitte, gehen Sie ganz schnell, sonst steh' ich total dumm da!"

Matthias tat, worum ihn Herr Ritter so inständig bat und lief den Gang hinunter aus dem Theater und in eine Seitenstraße.

Hier öffnete er seine Hand und zählte die Geldscheine - 350.- DM fürs Nichtstun! Da musste er noch mehr lachen.

Ein Schlagzeuger erzählt

„Wohnungen in Nordenstedt, das war immer schon ein heißes Thema!"

„Wenn man endlich eine anständige und schöne Wohnung gefunden hat, dann ist sie nicht zu bezahlen!"

„Und wenn sie finanziell im Rahmen ist, dann wird erwartet, dass du selbst renovierst ohne Ende!"

„Uns ist die Lage am wichtigsten! Was nützt einem eine große Wohnung, wenn sie im Assiviertel liegt und du hast Kinder!"

„Du kannst da gar nicht mitreden, Konrad! Deine Wohnung ist doch super!"

„Gut saniert, geräumig und zentral – eine Traumwohnung!"

„Aber die Vermieterin wohnt im Haus, das ist auch nicht immer so ohne!"

Konrad saß nach der Vorstellung mit einigen Kollegen in der Kantine des Theaters. Die Kollegen, die Konrad schon besucht hatten, äußerten Respekt und Bewunderung für sein geräumiges und gut saniertes Domizil.

Er fühlte sich geschmeichelt, gab aber zu bedenken, dass das Wohnen mit der Vermieterin im Haus manchmal auch seine Tücken habe.

„Gestern Mittag zum Beispiel – ich kam gerade aus der Dusche und wollte durch den Flur zu meinem Schlafzimmer, um mich anzuziehen, da steht sie vor der Wohnungstür und klopft und klopft, als ob sie wer weiß was Dringendes will!"

Konrad klopfte mit den Knöcheln seiner Faust demonstrativ und laut auf den Kantinentisch.

„Auweia", denke ich, „ausgerechnet jetzt mit der Alten reden, dazu habe ich gerade überhaupt keine Lust und noch weniger Zeit!" Also schleiche ich gebückt und auf Zehenspitzen, so dass sie mich durch die Glasscheibe der Wohnungstür nicht sehen kann, durch den Flur in mein Schlafzimmer.

Konrads Zeige- und Mittelfinger „gingen" über die Tischplatte wie auf Zehenspitzen, lautlose und immer wieder innehaltende Schritte nachahmend.

In meiner eigenen Wohnung schleiche ich herum!" sagte er und lachte.

„Nach zwei Stunden klingelt es wieder, auch dieses Mal ist es meine Vermieterin. Um die Sache abzukürzen, gehe ich zur Tür

Konrads Mittel- und Zeigefinger marschierten selbstbewusst und betont markig männlich über den Tisch.

und mache ihr auf, bleibe aber in der Tür stehen, weil ich sie nicht hereinlassen will.

‚Ja bitte?', sage ich.

‚Ich habe vorhin schon mal geklingelt. Waren Sie nicht da? Ich dachte, Sie wären da gewesen!'

‚Ich – nö. Äh, wann soll das gewesen sein? Nee, da war ich wohl nicht da!' "

Konrad hatte eine unschuldige, ahnungslose Miene aufgesetzt.

Die Kollegen am Kantinentisch brachen in Gelächter aus.

„Sagt dann die Alte:

‚Also, ich wollte Sie vorwarnen: am Wochenende kommt meine Tochter mit ihrer Familie zu Besuch. Da könnte es ab und an mal etwas lauter werden!'

Und das wurde es auch: neunjährige Zwillingsmädchen mit blonden Locken, sahen aus wie Engel und konnten Lärm machen wie die Teufel!

Der Flur meiner Vermieterin ist genau über meinem – und da machten die Wettrennen!

Konrad trommelte mit seinen flachen Händen ein immer schneller und lauter werdendes Getrappel. Und noch einmal... und noch einmal....

Ich bin bald wahnsinnig geworden! Hab mich gewundert, dass die nie müde wurden! – Dann Seilhüpfen:

Konrads Hände schlugen auf den Tisch und fanden wie von selbst die Geräusche und den Rhythmus, den Seilhüpfen begleitet.

Und wenn sie die Treppen hinauf- und hinunterliefen, wurde grundsätzlich nur getrampelt.

Langsam mit seinen kraftvollen ausgestreckten Fingern auf den Tisch dribbelnd, stellte er geräuschvolles Treppensteigen dar.

Und wenn sie oben waren, wollten sie natürlich auf dem Geländer wieder herunterrutschen!"

Konrad simulierte mit seiner Stimme das Rutschen in der Kurve auf dem Treppengeländer – huiiiiiiiii - und mit seinen auf den Tisch schlagenden Händen den Aufprall auf dem Boden. Und noch einmal rutschen......... und noch einmal ....huiiiiiiiii...............

Die Kollegen amüsierten sich und lachten wieder. Konrad hatte so lebendig erzählt, dass seine Zuhörer sich die Mädchen mit ihrem Bewegungsdrang und ihrer unerschöpflichen Energie gut vorstellen konnten.

Animiert durch die Begeisterung seiner Zuhörer trommelte Konrad immer weiter und steigerte sich in ein furioses Trommelsolo hinein, das er dann sukzessive abebben ließ.

Hundehaufen im Weihnachtsballett

Ballett: „Cinderella"

von Sergej Prokofjew

Alexandra freute sich auf den zweiten Weihnachtstag, denn an diesem Tag würde im Nordenstedter Theater das Ballett „Cinderella" nach der Musik von Sergej Prokofjew aufgeführt werden. Sie hatte eine Karte von ihrem Freund Matthias, einem Musiker aus dem Orchester, zu Weihnachten geschenkt bekommen.

Die Aussicht ins Ballett zu gehen, erfüllte sie mit Vorfreude. Den ganzen Nachmittag war sie in Hochstimmung und kein Missgeschick konnte sie berühren.

Zur Vorstellung fuhren Matthias und Alexandra mit dem Auto durch das dunkle, bitterkalte Nordenstedt. Auf den Straßen lag eine geschlossene Schneedecke, Zaunpfähle und Verkehrsschilder trugen dicke Schneemützen.

Dankbar empfanden sie die Wärme und das Licht beim Betreten des Theaters.

Die Orchestermusiker mussten eine halbe Stunde vor Beginn der Vorstellung anwesend sein, um sich einzuspielen. So hatte Alexandra noch viel Zeit, aber sie genoss die erwartungsvolle festliche Atmosphäre. Eine freundliche Garderobenfrau nahm ihr den Mantel ab und mit dem Mantel konnte sie die dunkle Welt dort draußen noch ein wenig mehr abstreifen.

Ihr Blick fiel auf die gedämpfte Beleuchtung im Foyer und die Sektbar mit den appetitlich verzierten Lachshäppchen und den knusprig braunen Brezeln. Auf silbernen Tabletts standen funkelnde schlanke Glaskelche mit Sekt und Orangensaft.

Sie flanierte ein paar Mal auf und ab, betrachtete die herausgeputzten Menschen und beschloss dann, sich ihren Platz im Parkett anzuschauen. Einige Besucher saßen bereits und plauderten leise miteinander.

Auf dem Gang entlang den Zuschauerreihen stieg ihr plötzlich ein grässlicher Gestank in die Nase. Im ersten Augenblick hatte sie einen der Besucher, einen dicken Mann, der stark schwitzte, im Verdacht, sich nicht gewaschen zu haben.

Zufällig schaute sie jedoch auf den Fußboden und bemerkte entsetzt einen großen Hundehaufen, der noch recht frisch zu sein schien. Am Rand war auch schon jemand hineingetreten und hatte einen Teil der tierischen Hinterlassenschaften auf dem Parkett verschmiert.

Leider war Alexandras Platz in unmittelbarer Nähe des Malheurs direkt am Gang. Sie fragte ihre Sitznachbarin: „Riechen Sie es auch?"

„Ja – furchtbar! Das kann einem richtig den Abend verderben!" empörte die sich und zeigte auf die beiden etwa zehnjährigen Mädchen, die neben ihr saßen:

„Wir können uns das normalerweise gar nicht leisten, zu dritt ins Theater zu gehen. Was meinen Sie, was das kostet! Mein Mann und ich wollten den Töchtern zu Weihnachten mal etwas Besonderes bieten, deshalb haben wir ihnen Karten für dieses Ballett geschenkt und jetzt müssen wir die ganze Zeit diesen widerwärtigen Gestank aushalten - das ist eine Unverschämtheit!"

Alexandra konnte ihr nur zustimmen, das war wirklich ungerecht!

In einer der Saaltüren sah sie eine ältere Platzanweiserin mit mächtiger Figur stehen. Schwarzer Rock, darüber eine kittelartige weiße Bluse – die Einheitskleidung der Platzanweiserinnen im hiesigen Theater, bieder und vom modischen Standpunkt her mega out.

Alexandra sprang auf und lief zu ihr: „Hallo! Können Sie mal schauen - da auf dem Gang liegt ein Hundehaufen! Es stinkt ganz schauderhaft, würden Sie sich bitte darum kümmern, dass das weggemacht wird!"

Die Frau drehte sich betont langsam zu Alexandra um und schaute sie gleichgültig an: „Das ist nicht unsere Aufgabe, da müsste die Feuerwehr sich drum kümmern!"

Was hat denn die Feuerwehr damit zu tun, fragte sich Alexandra, laut sagte sie: „Dann geben Sie der Feuerwehr Bescheid! Man kann uns doch nicht zumuten, den ganzen Abend in diesem Gestank zu sitzen und außerdem besteht Rutschgefahr!"

„Die Feuerwehr kommt heute nicht mehr. Da müssen wir bis morgen warten und dann können die Putzfrauen das wegmachen!"

„Aber wenn jemand darin ausrutscht, wird die Versicherung das Theater haftbar machen! Irgendwer muss doch dafür verantwortlich sein, dass das weggemacht wird! – Vielleicht frage ich mal eine Ihrer Kolleginnen!"

„Nein! **Ich** bin die Chefin der Platzanweiserinnen und wir haben damit nichts zu tun!" Die Frau war noch abweisender geworden. Sie stellte sich breitbeinig vor Alexandra hin und guckte sie herausfordernd an.

Da ertönte der Gong, der den Beginn der Vorstellung ankündete zum dritten Mal und Alex eilte zu ihrem Platz.

Im Saal wurde es dunkel und Applaus brandete auf, als der Dirigent hereinkam. Dann begann die Ouvertüre.

Alexandra war noch ganz aufgebracht von dem Wortwechsel mit der sturen Platzanweiserin. Chefin der Platzanweiserinnen – das war ja lachhaft!

Doch jetzt wollte sie erst einmal die Aufführung genießen. Sie versuchte, den ekelhaften Geruch so gut wie möglich aus ihrem Bewusstsein auszublenden.

Zu Prokofjews rhythmisch-pointierter Musik mit sprunghafter Harmonik und emotionaler Melodik fand sie auf Anhieb Zugang. Die Handlung des Aschenbrödel-Märchens wurde von den Tänzern meisterhaft in Szene gesetzt und Alexandra ließ sich von der märchenhaften Atmosphäre in ihren Bann ziehen.

Manchmal wurde die Musik – passend zu den Vorgängen auf der Bühne verträumt, sanft verspielt, dann wieder temperamentvoll und immer war sie kontrastreich.

Trotz ihrer Versunkenheit bemerkte sie nach einer Weile, dass vor ihr eine hochgradig nervöse Dame saß. Ihre Arme und Hände waren in ständiger Unruhe. Immer wieder bauschte sie ihr

Haar auf, zupfte an ihren Ohrringen, lupfte den Kragen ihres Kleides und strich ihren Rock glatt, als wäre es ihr unmöglich, still zu sitzen. Wie Katharina saß sie auf dem letzten Platz der Reihe direkt am Gang.

Schließlich fing sie an, ihre Tasche, die neben ihr auf dem Boden stand, hin und her zu schieben. Dabei kam die Tasche jedes Mal in gefährliche Nähe zu dem Hundehaufen.

Alexandras Augen hatten sich inzwischen an die Dunkelheit gewöhnt und sie beobachtete das Geschehen mit angehaltenem Atem. Noch schob die nervöse Zuschauerin ihre Tasche immer knapp am Haufen vorbei, aber lange konnte es nicht mehr gut gehen.

Alex wollte sie eigentlich nicht stören und es war ihr auch nicht angenehm, sie von hinten anzusprechen, aber wenn die Tasche beschmutzt werden würde, täte es ihr leid. Sie selber wäre dankbar gewesen, wenn jemand sie davor bewahrt hätte.

Also fasste sie sich ein Herz, sprach die Frau flüsternd an und zeigte ihr den Hundehaufen im Gang.

Erst reagierte diese unwillig über die Störung, aber als ihr klar wurde, was beinahe passiert wäre, erschrak sie, sagte flüsternd Danke und nahm die Tasche schnell auf ihren Schoß.

Bis zum Ende des ersten Aktes wandte Alexandra ihre Aufmerksamkeit wieder ganz dem Geschehen auf der Bühne zu, wo beide Stiefschwestern schöne Kleider für den Ball des Prinzen bekamen, während Cinderella von der Stiefmutter angewiesen wurde, allein daheim zu bleiben und zu arbeiten.

Dann wurden die Lichter im Saal langsam wieder hell, denn nun begann die Pause. Alexandra war mit Matthias in der Künstlerkantine verabredet. Dort angekommen sah sie, dass er in der Schlange vor dem Getränkeverkauf ganz vorn stand und gerade für sie eine Pikkoloflasche Sekt und für sich eine Cola kaufte.

„Na, gefällt es Dir?", fragte er, nachdem sie einen Platz gefunden und angestoßen hatten.

„Sehr! Märchen und klassisches Ballett, das passt wirklich gut zusammen! Und der Prinz tanzt so toll! Diese kraftvollen Sprünge! Kennst Du ihn? Was ist er für ein Mensch? Ach, und die Musik gefällt mir auch; ich habe sogar dein kurzes Solo gehört! Bin ich nicht gut?"

Matthias küsste sie und rückte seinen Stuhl näher an Alex heran, um Platz zu machen für zwei Kollegen, die sich zu ihnen an den Tisch setzten.

„Heute gibt er ja endlich mal Zunder!", bemerkte der Klarinettist Böttcher und meinte damit den Dirigenten, dem es aus Sicht des Orchesters häufig an musikalischem Feuer fehlte.

Alex drängte es, von dem Hundehaufen und der sturköpfigen Platzanweiserin zu erzählen. Sie wusste, dass die langjährigen Orchestermitglieder alle Platzanweiserinnen kannten; vielleicht könnten sie helfen.

Lebhaft und humorvoll berichtete sie das Erlebte, die anderen hörten amüsiert zu.

„Aber ich wundere mich, wie ein Hundehaufen in den Saal kommen kann! Dort dürfen überhaupt keine Hunde herumlaufen. Oder habt ihr da schon mal welche gesehen?" fragte Matthias sich und die Kollegen.

In diesem Moment rutschte Böttcher die Cola-Flasche aus der Hand und ein Teil ihres klebrig-süßen Inhalts spritzte auf seine Hosenbeine und den Fußboden.

„Was ist denn mit dir los? Du bist doch sonst nicht so tatterig?" fragte ihn der Pauker Paul.

Böttcher bekam einen roten Kopf, antwortete aber nicht; er beschäftigte sich damit, seine Hosenbeine mit Papiertaschentüchern trocken zu tupfen.

Matthias schoss der Gedanke durch den Kopf, dass Böttchers Frau Maya-Lisa, eine Sängerin aus dem Opernchor, mit ihrem unerzogenen Hund des öfteren durch die Räume des Theaters wanderte, wenn sie ihren Mann von der Probe abholen wollte und zu früh war. Aber bevor er etwas sagen konnte, bemerkte Paul:

„Ich bin ziemlich sicher, dass die Platzanweiserin die Emma Dochorow ist. Immer schon ist sie so gewesen, kalt wie ‚ne Flunder und frech wie Oskar, dazu noch stinkend faul!"

„Das hat schon oft Ärger mit der beschränkten Kuh gegeben!" pflichtete Tom, der Kontrabassist ihm bei.

„Die lässt sich von keinem was sagen, und bildet sich ein, sie hätte hier im Theater sonst was für ‚ne Stellung, nur weil sie schon so lange da ist!"

„Ihre Tochter ist genauso so faul."

„Was? Ihre Tochter ist auch hier Platzanweiserin?" fragte Alex.

„Ja, und die hätte nun wirklich die Möglichkeit gehabt, eine Ausbildung zu machen! Stattdessen hängt sie genau wie ihre dicke Mutter nur hier im Theater herum! Ich möchte nicht wissen, wen die schon alles durch hat!"

Die Männer am Tisch feixten; Alex erinnerte sich, von der jungen Garderobenfrau gehört zu haben, die sich allen männlichen Theaterleuten gegenüber äußerst willig zeigte.

Matthias war zu dem Schluss gekommen, dass hier nur Druck von oben helfen könne:

„Morgen nach der Probe gehe ich in die Verwaltung zum Chef. Ich vermute, dass Schätzing der einzige hier ist, der der Alten was sagen kann. Ihre Stelle wird sie sicher behalten wollen. Und verdient hätte sie es, dass er ihr mal richtig den Marsch bläst! Das Personal, das während der Aufführung anwesend ist, ist natürlich dafür verantwortlich, dass die Scheiße weggemacht wird, auf Deutsch gesagt!"

Als Alexandra nach der Pause wieder ihren Platz einnahm, stand die behäbige Person in Schwarz-weiß in einer der seitlichen Saaltüren und warf ihr einen triumphierenden Blick zu. Der Hundehaufen war immer noch da, zum großen Teil allerdings verschmiert und verteilt, weil nicht wenige Besucher hineingetreten waren.

Einige Wochen später sah Alexandra sie in einer Theaterpause wieder, und da trug Emma Dochorow doch tatsächlich ein volles Kehrblech mit den Glasscherben eines Sektglases, die sie hatte auffegen müssen.

Als sie Alexandra erblickte, drehte sie schnell den Kopf weg und schaute in eine andere Richtung.

Der Operetten-Bonvivant

Wegen eines Zugunglücks muss ein Musikliebhaber seine Reise unterbrechen und in einer fremden Stadt übernachten. Da der Abend noch jung ist, geht er zum Theater und erkundigt sich, ob eine Vorstellung angesetzt ist und er noch eine Karte bekommen kann. Er hat Glück, es wird eine Operette aufgeführt, und er bekommt sogar eine Karte in der ersten Reihe.

Der Tenor dieser Aufführung aber gefällt ihm überhaupt nicht – zu alt für die Rolle, seine Stimme hat keine Kraft und Schönheit mehr und klingt ausgeleiert.

Allerdings scheint der Auswärtige mit seinem Urteil allein zu sein, denn immer wenn dieser Sänger singt, tobt das Publikum vor Begeisterung. Sowie er die Bühne betritt, bekommt er Szenenapplaus und den Zuschauern gelingt es, durch frenetischen Beifall die Wiederholung seiner Arien durchzusetzen.

Der Tenor jedoch pfeift schon bald immer mehr aus dem letzten Loch, jede Wiederholung ist schlicht eine Überforderung für ihn. Die Zuhörer jedoch scheinen dies nicht zu bemerken, sie johlen und schreien, als wollten sie dem armen Mann noch eine dritte Wiederholung aufzwingen.

Während eines solchen Beifallssturmes wendet sich der Besucher an seinen Sitznachbarn: „Ich verstehe Ihre Begeisterung nicht, der Mann ist doch grottenschlecht!"
Der Nachbar lacht und klatscht dabei wie wild: „Das wissen wir längst, aber heute! - heute machen wir ihn fertig!"

An diesen - vermutlich allen Musiktheaterfreunden bekannten - Witz wurde man erinnert, wenn man an die letzten Jahre des Sängers Horst Lange am Nordenstedter Stadttheater dachte.

Der Name Horst Lange war allen Operettenliebhabern seit Jahrzehnten bekannt. Operetten ohne Horst Lange waren viele Jahre unvorstellbar gewesen.

Wenn er das berühmte Lied von Franz Léhar „Wenn man das Leben durch 's Champagnerglas betrachtet" sang, jubelte ihm das Publikum zu und er wurde mit Beifallsstürmen gefeiert. Er war ein schöner Mann mit einer etwas flachen Baritonstimme, der in seinen Rollen all das verkörperte was wir von einem Operettenstar erwarten: Charme, Witz, Galanterie, scheinbar unbeabsichtigte Frivolität, Eleganz und ein Lächeln in allen Lebenslagen.

Aber ein Unterhaltungskünstler muss diszipliniert sein, nur dann sieht das Leichte leicht aus. Das ist mit zunehmendem Alter und nachlassenden stimmlichen Fähigkeiten immer schwieriger zu bewerkstelligen.

Allein die stolze Attitüde der Operetten-Grandseigneur-Rollen beherrschte er noch meisterhaft. Schlank und groß mit vollen weißgrauen Haaren machte er in den prächtigen und phantasievollen Theateruniformen aus der „Lustigen Witwe", der „Fledermaus", dem „Zigeunerbaron" oder der „Csárdásfürstin" immer noch eine exzellente Figur.

Die alte militärische Schneidigkeit, das Anbiedern mit schnarrender Stimme an Respekt heischende Aristokraten, die vordergründige Gutmensch-Pose, die lüsternen Bemerkungen sowie die holde Weiblichkeit die Bühne verlassen hatte – das war seine Welt!

Den meisten Opern- und Operettensängern sieht man im Privatleben ihren Beruf nicht an. Horst Lange dagegen, im offenen Kamelhaarmantel mit weißem Seidenschal ‚versonnen' auf dem Bahnsteig stehend und sein Spiegelbild in den blankgewienerten Lackschuhen betrachtend, konnte sich auf eine elegante und gleichzeitig ein wenig lächerliche Weise mit der posenhaften Grandezza der sogenannten guten alten Zeit umgeben, die ihn für jedermann als Bühnenmenschen auswies.

Aus Altersgründen und seiner nachlassenden stimmlichen Fähigkeiten wegen hatte das Theater ihm bereits zweimal gekündigt und beide Male war es ihm gelungen, sich wieder einzuklagen. Darauf war er sehr stolz und er erzählte es jedem, der es hören und jedem, der es nicht hören wollte. Die offensichtliche Tatsache, dass selbst das gutmütige Nordenstedter Publikum seiner überdrüssig geworden war, weigerte er sich wahrzunehmen.

Seit längerem wurde er nicht mehr für die Hauptrollen besetzt, dafür war er in den Nebenrollen stets präsent.

Mancher Theaterbesucher hatte bei seinen Auftritten den Eindruck, er würde immer die gleiche Rolle verkörpern, unabhängig davon, um welche Operette es sich am Abend der Aufführung handelte.

Seine Darstellung war übertrieben und klischeehaft und deshalb eher mitleiderregend als komisch. Textpointen im richtigen Moment zu präsentieren, gelang ihm nur noch selten.

Aber auch Zuhörer sind nur Menschen und Horst Langes überzogene Darstellung zusammen mit seiner dürftigen gesanglichen Leistung provozierte sie dazu, ihn durch übertriebenes Applaudieren, ironisch gemeinten Bravorufen, Pfeifen und Gelächter auf den Arm zu nehmen. Er aber nahm alle Beifallskundgebungen erfreut und würdevoll entgegen und schien das Veralbernde nicht zu bemerken.

Eines Tages war die Ära „Horst Lange am Operettentheater" vorbei, weil er die Altergrenze erreicht hatte.. Möge er sich an einem friedlichen Lebensabend an seinen Theatererinnerungen erfreuen, seien sie nun wahr oder unwahr!

Der Titel des Buches von Joachim Fuchsberger „Altwerden ist nichts für Feiglinge" erinnert uns daran, dass für uns alle das Altwerden und Nicht-mehr-gebraucht-werden ein unendlich schwerer Prozess ist.

Opernerlebnisse

Ich liebe es, ins Theater zu gehen. Meine besondere Begeisterung gehört seiner spektakulärsten und aufwendigsten Form – der Oper.

Die Aussicht, eine Oper zu hören, löst stets große Vorfreude in mir aus, meist komme ich schon in den Stunden vorher langsam in Hochstimmung und höre in meinem Kopf bekannte Arien.

Das schöne Ereignis beginnt, wenn wir am Abend das Theaterfoyer betreten. Ich genieße den Anblick der festlichen Beleuchtung im Foyer und schaue gern die anderen gut gekleideten Besucher an.

Während wir unsere Plätze einnehmen und der Saal sich langsam füllt, hören wir den vertrauten Klang des sich einspielenden Orchesters. Vielleicht sitzt in der Reihe vor mir ein großer Mann und ich bin besorgt, dass ich keine freie Sicht auf die Bühne habe, aber ich weiß auch, dass ich es vergessen werde, sobald mich die Musik und das Bühnengeschehen in seinen Bann genommen haben.

Dann schließen die Platzanweiserinnen die Türen, die Lichter der großen Kronleuchter im Saal verlöschen langsam und der Dirigent des Abends kommt von einem Seiteneingang der Bühne herein und nimmt seinen Platz am Dirigentenpult ein. Das Publikum heißt ihn mit Applaus willkommen.

Wir Zuschauer sehen von ihm nur Kopf und Schultern, wenn er sich zum Publikum umdreht und sich verbeugt. Dann wird es für einen Moment still, er hebt den Taktstock und die Vorstellung beginnt mit der Ouvertüre.

Auch wenn ich den Handlungsverlauf der jeweiligen Opern kenne, bange ich doch jedes Mal wieder mit: ich hoffe, dass es Susanna und der Gräfin in der „Hochzeit des Figaro" gelingen wird, den Grafen zu überlisten und von seinem „Droit de Seigneur" abzulenken. Ich freue mich mit Papageno in der „Zauberflöte", wenn er endlich sein Weibchen finden darf und ich grusele mich, wenn im „Don Giovanni" der Komtur aus dem Grab aufersteht.

An der Oper Frankfurt sah und hörte ich eine Aufführung des „Idomeneo", die mir herausragend gut gefiel und in der als Besonderheit jeder der Sänger einen - von Pina Bausch einstudierten - Tänzer hinter oder neben sich hatte, der dem Gesang einen tänzerischen Ausdruck hinzufügte. Das empfand ich als so faszinierend, dass ich das Gefühl hatte, nie bessere und schönere Musik gehört und nie höhere Darstellungskunst und Sinnengenuss erlebt zu haben.

Die Oper ist ein Genre, in dem es immer wieder um die Gefühle und die Gefühlswandlungen der Protagonisten geht – das liebe ich daran!

Wir leben in einer Zeit, in der im sozialen Miteinander von uns erwartet wird, dass wir unseren Emotionen starke Zügel anlegen. Coolness und Sachlichkeit besonders in Konfliktsituationen sind hoch angesehen.

Unkontrolliertes Herauslassen von Trauer oder Wut wird allenfalls im privaten Rahmen akzeptiert. Und jubilatorische Gefühlsäußerungen scheint es nur noch in der Werbung zu geben.

Im Gegensatz zu den dosierten Gefühlsäußerungen in unserem Alltag finde ich nun dieses intendierte Schwelgen in Gefühlen in der Oper ganz wunderbar!

Zur Oper gehören unabdingbar auch alle Verführungsmittel, die das Theater zu bieten hat: aufwendige historische Kostüme, Schminke und Perücken, prächtige und stimmungsvolle Bühnenbilder, die dramaturgischen Möglichkeiten der Drehbühne und der

Versenkung sowie raffinierte Beleuchtungs-effekte.

Eckhard Henscheid fragt in seinem Opernführer[1]: 'Ist Oper die bislang einzig gelungene Gestalt des Gesamtkunstwerks der drei klassischen Kunst-Kommunikationsformen Musik, Sprache, Bild?'

In einer Inszenierung der Oper „Jenufa", die ich mir damals sechsmal angeschaut habe, fand ich es atemberaubend schön, wie das Licht von der Seite durch große Fenster auf die Bühnenräume floss und dem hellen sonnigen Tageslicht täuschend ähnlich war.

In „Hoffmanns Erzählungen" hatten die Räume und Winkel auf der Bühne so verzerrte Perspektiven und Größenverhältnisse (zum Beispiel war der Türrahmen dreimal so groß wie ein Mensch) bekommen, dass eine wahrhaft surrealistische Atmosphäre entstanden war, die die Intentionen der Musik verstärkte.

Und einmal sah ich eine opulente Inszenierung der Oper „Rigoletto", in der die Szenen abwechselnd im 20. Jahrhundert in der Autofabrik FIAT in Italien spielten und dann

---

[1]Eckhard Henscheid: Verdi ist der Mozart Wagners, Stuttgart 1992

wieder historisch originalgetreu im 16. Jahrhundert am Hofe des Herzogs von Mantua, wo Rigoletto Hofnarr war. Die Handlung der Oper bekam dadurch eine die Zeiten übergreifende Dramatik, die dem Geschehen zusätzliche Tiefe verlieh und mich stark beeindruckte.

All diese Eindrücke, musikalischen Genüsse und Abenteuer auf der Bühne wirken auch nach einem Theaterabend lange in mir nach.

Eine der zahlreichen unernsten Definitionen E. Henscheids in dem erwähnten Opernführer zur Frage ‚Was ist Oper?' lautet:

Oper ist die Phantastik des Wirklichen und die Wirklichkeit des Phantastischen."